熊本くんの本棚

ゲイ彼と私とカレーライス

キタハラ

富士見L文庫

もくじ

1　熊本くんとわたし

思いだすのは本棚だ。

大学の同級生だった熊本《くまもと》くんの本棚には、カミュだの三島由紀夫《みしまゆきお》だのナボコフがあり、隅のほうにジュネ、ワイルド、テネシー・ウィリアムズや森茉莉《もりまり》が並んでいた。

文学部に入学したものの、高校の授業で読まされた『こころ』以来、わたしは小説をまともに読んでこなかった。読書感想文はウィキペディアとアマゾンレビューでしのいできた人間である。なんて読書家なのでしょう、と最初にその本棚を見たとき、引いた。

熊本くんは部屋をいつも綺麗《きれい》にしていた。必要以上に家具はなく、すっきりしていた。別の角度から見れば、寂しく映るのかもしれない。モノトーンを基調とした部屋で、本棚だけに色がある。部屋を訪ねるとまっさきにわたしは本棚へ向かった。

真っ暗闇のなか、自動販売機だけが光っているみたいに。自分が、まるで虫にでもなったみたいに。

わたしの読書遍歴は、課題以外だと熊本くんのおさがりばかりだ。

あの頃、熊本くんの部屋でごはんをご馳走《ちそう》になり、本を借りて帰った。ものが少ないわりに、彼は調味料をたくさん持っていた。みりんや料理酒なんて、わたしは一度も使ったことがない。

「みのりって、熊本くんとつきあってるの？」

教室で見かける同級生がわたしに話しかけてきた。

「え？」

言葉を濁したのは、質問にうまく答えられないからでなく、彼女の名前を思いだせなかったからだ。わたしは同級生の名前を熊本くん以外ろくに覚えちゃいない。

「あ、やっぱり？」

しばしの間から勝手に察したらしい。

「つきあってないよ。なんでそんなこと聞くの？」

たしか芸能人と同じ名前だったはずだ。入学当初の飲み会で、「似ても似つかないんだけど」と照れながら自己紹介していたのを思いだした。

「熊本くんとみのり、仲良しだから、なんとなくそうなのかなって」

文化祭が終わったばかりのキャンパス。ださい看板が壁に立てかけられていたり、片付けきれていないテントが風に揺れたりしている。なんともいえない終末感アンド学生ノリのだらしなさ。わりと嫌いではない。

立ち話もなんだから、とそばのベンチに座った。

「誰か、熊本くんのこと興味あったりするの？」

目の前にいる彼女の可能性もある。気をつけて、わたしは訊《たず》ねた。

「熊本くんとみのりがもしつきあっているんだったら、知ってるのか気になって」

歯切れの悪い物言いだった。いいたくないわけでもなさそうだ。むしろ教えたくてしかたがなさそうに見える。

こういうとき、女の子たちの浮かべる薄笑いが嫌いだ。中高一貫の女子校だったから、本当によく見た。

彼女たちは、自分のつかんだ情報を開示して、それを聞いた人間がどんな顔になるのか楽しみなのだ。そして、相手がどう振る舞ったところで、笑う気満々である。

相手が驚いたなら、自分もそうなんだと共感を示し、なんのリアクションもなければ、ふん、格好つけて、と見えない舌をだす。

「熊本くん、なにかあったの？」

わたしは知りたくもないけれど、訊ねた。噂話《うわさ》に耳を傾けてみる姿勢も、ときには必要だ。来年には就活も控えているし、多少自分以外に迎合しようという気持ちもあった。

「ビデオにでてるらしいの」

なにをいっているのかわからず、わたしは「はい？」といってしまった。

「そうなんだ。ビデオ」

古臭い表現だなあ、とわたしは思った。

熊本くんは、顔がいい。文学に傾倒しているわりに、身体《からだ》つきもよい（なにせ中高と水泳部だったそうである）。髪の毛も短くサイドを刈り上げており、清潔感がある。着ている服は、わりとタイトで、なんとなく窮屈そうだった。モテるタイプだ。

もしや街を歩いていて、俳優とかモデルにとスカウトでもされたんだろうか。

「熊本くんかっこいいしね」

「え、だって、あんなビデオだよ？」

「あんな？」

わたしの顔に、「つまらない」と書いてあったのかもしれない。

「アダルトビデオだよ、男同士の」

彼女の勝ち誇った表情に、きっと自分は衝撃を受けているのだろうな、と冷静に思った。

熊本くんはいま、カレーを作っている。

わたしは床に寝転んで、本を読みながら、出来上がるのを待っていた。内容が頭に入ってこないのは、おいしそうな匂いが部屋中に漂っているせいだけではない。

「アダルトビデオだよ、男同士の」

最後まで名前を思いだせなかった同級生の言葉が引っかかっていた。むしろそのことばかり考えていた。

熊本くんにはどこか、まわりと違う雰囲気がある。秘密を抱えていて、それを隠すために所作や笑顔が浮世離れしているような。人はそういう人間をすぐに見つけだしては、どうにかして暴いてやろうと野蛮なことをする。相手の準備を待つ間もなく、自分なりの理屈をつけて、「友達だから」「悩んでそうだから」「なにも後ろめたいことなんてないよ」なんて胡散臭《うさんくさ》いいたわりを見せたりする。

つまりはみんな、暇なのだ。自分のことを見たくないから、他人のことばかり気にする。

字面を眺めていたら、眠くなってきた。

インドの金持ちってこんなんじゃなかろうか。かすかにカレーの匂いを感じつつ、エアコンの効いた部屋でまどろむとか。カレーからのインド、という想像力のかけらもない思いつきに情けなくなる。

わたしは、とてもつまらない人間だ。

「できたよ」

台所から声がした。熊本くんが皿を二つ持ってやってきた。

熊本くんはさっさとあぐらをかき、スプーンでカレーを混ぜだした。

「なに読んでたの」

った。


『欲望という名の電車』

「映画もいいんだよね」

名画よりマーベル・シネマティック・ユニバースのほうが似合いそうな、熊本くんはいった。

「なんだろう、このカレー、どっかで食べたことがある」

本の感想を訊《き》かれても、コメントできそうもないので、わたしは話を変えた。

「小学校の給食にでたカレーっぽくない？」

熊本くんはいった。そういわれれば確かにそうだった。

「なにか工夫した？」

「いや、ただの市販のやつ。でも甘口にしてみた」

熊本くんはわたしがくるたびに、ごはんを作ってくれる。そういえば、ふたりで外食をしたことがない。スーパーで買い物をしたこともない。熊本くんの部屋の冷蔵庫にはいつでも食材が詰まっている。

「じゃがいもを多めにしたのが正解だったかな」

熊本くんは満足げに頷《うなず》いた。

「ところで前から気になっていることがあるんだけど」

「なに？」

「なんでカレー、そんな親の仇《かたき》みたくかき混ぜるの？」

皿にはかつてカレーライスだったなにか、があった。熊本くんはしばらくそれを見つめ、いった。

「こうすると、まんべんなくおいしいよ」

さわやかに微笑まれ、わたしは言葉を失った。彼はカレーのときだけ、少々品が悪い。

テレビのない熊本くんの部屋にいると、無言の時間が多い。自分の部屋にいるとき、FMラジオをつけっぱなしにしておくほど音にまみれているわたしとしては、はじめ、とにかく音が欲しかった。お互い勝手に本を読んでいるとき、熊本くんが物音を立てるとほっとした。

こんなに静かな場所に長い時間いるだなんて耐えられないなあ、と思っていた。それなのに、どうしたことか、この静かな部屋にいる時間は特別なものになっている。

熊本くんに好きな人がいるのか、訊ねたことはない。異性がその質問をするとき、期待やいやらしさが纏《まと》わりつくように感じる。そう捉《とら》えられでもされたら心外だった。

わたしと熊本くんがつきあっていると勘違いしている同級生のことを思った。

校舎で一緒に歩いているのを、彼女たちはどう見ていたのだろう。不釣り合いなカップル、と誤解していたのか。

他人のことをあまり考えないようにしよう。そうわたしは決めていた。おかげで大学に友人と呼べるのは、熊本くんしかいない。

わたしは本から目を離し、ベッドの上で壁にもたれている熊本くんを眺めた。

「なに？」

わたしの視線に気づいて、熊本くんは顔をあげた。

「いまなんの本読んでるの」

「『燃えるスカートの少女』ってやつ」

文庫の表紙をわたしに見せた。

「面白い？」

「いいなって思うフレーズがたくさんあって、こんな」

文庫にはたくさんのドッグイヤーがついていた。熊本くんの読み終えた本は端が折れ、線が引かれている。その本を借りて読む行為は、彼の驚きや感動を追体験させる。

あのとき、わたしは彼女にこういった。

「で？」

彼女は一瞬ムッとして、そのまま立ち上がった。

「知ってたんだ。ごめんねえ」

足早に立ち去る彼女の背中を見ていたはずなのに、思いだせない。あの子、今日どんな服を着ていたんだっけ。

ラインがきているのを無視していた。熊本くんの部屋からでてすぐに、スマホを見た。

『いまなにしてる？』

そしてしょぼくれた猫のスタンプ。

『いま友達の家でたところ』

返信してすぐに、メッセージを知らせる振動があった。無視してわたしは歩く。

夜道を一人で歩いていると、幼い頃に戻ったような気になる。もう戻ることのできない場所に、奇跡が起きて辿《たど》り着いた。そんな気分になる。もちろんそんなことはない。わたしはあの無力な子供時代に戻りたいのだろうか。

二十歳を過ぎたわたしのまま、ここにいる。年を取った自分は、この道を歩いていたことを思いだしたりするだろうか。何年前の何月何日、といわれても、なんでもない日のことを思いだせるわけがない。なんでもない日々というのは、混ざりあい、忘れ去られ、なんでもなかった印象だけを残す。そこには時間も季節もない。

未来のわたしはいまをどう評するのだろうか。見知らぬ自分なんてあてにしないでおこう。

またスマホが震えた。今度は電話だ。

「ライン、返事なかったから」

壮太郎《そうたろう》だった。心配、というよりは腹を立てているらしい。いい大人のくせに。

「歩いてたとこだから」

「いまどこ」

「大岡山《おおおかやま》」

「こんな時間に？」

　やっと口ぶりがほぐれてきた。この人が大人の顔でスーツを着て働いているのを想像すると、なんだかおかしい。いつも眉間《みけん》にしわを寄せている。

「友達の家に長居しちゃった」

　わたしはカレーをおかわりし、熊本くんに「大食いだね」とからかわれた。二杯目のカレーを食べているとき、熊本くんは見た目がひどくまずそうなプロテインを飲んでいた。しばらくしてから、二十四時間営業のジムに行く、といっていた。

「明日《あした》時間ある？　夜」

　そういわれ一瞬、面倒に感じた。

「わかった。じゃあ、そういうことで」

　多分いつものところで待ち合わせをするんだろう。電話を切ってからラインを開くと、『さびしいなー』と壮太郎からメッセージがあった。さっき無視したものだ。

　駅のベンチに座り、借りた『欲望という名の電車』をひらいてみても、頭に入ってこない。スマホを取りだした。

熊本祥介《しょうすけ》、と検索をしてみる。検索してみても、とくになにもでてこなかった。熊本くんはSNSをしていない。本名でビデオにでるわけがない。後ろ暗いことをしていると感じながら、検索を続けた。

熱中しているうちに電車がやってきた。乗客はみな疲れた顔をしている。自分もそうなんだろう。

今日のことを、未来に思いだすことがあるんだろうか。

友達のことを検索して、なにかをつきとめようとした日。自分にまったく関係がないというのに、事実を知りたいと綺麗事《きれいごと》で自分をごまかし、熱中したこと。

ビデオを通信販売しているサイトのページをめくり続けた。ありとあらゆる男たちの裸画像。画面を覗《のぞ》きこまれたら、どれだけ欲求不満なんだ、と呆《あき》れられることだろう。

降りるまであと一駅、というところで、見つけた。わたしは息をのんだ。競泳水着だけ穿《は》いた、いつもよりきりりっとした表情の熊本くんを見つけた。わたしは混乱した。熊本くんの裸をわたしは見たことがなかった。ちょっとボディビルダーみたいだなあ、と思った。広い肩幅と、張っている胸はわかっていたし、腕が太いことだって知っている。腹筋が綺《き》麗《れい》に割れているんだなあ、と感心してしまった。ほぼ毎日ジムに通っているらしいけれど、確かに鍛えあげている。

駅で降りて改めてサイトを確認した。衝撃的デビュー！　今年ナンバーワンの体育会系イケメン。

改めて見ても、熊本くんだ。ＤＶＤの裏面の画像では、熊本くんはさまざまな体位をして身悶《みもだ》えている。モザイクのかかった性器を、腿《もも》を広げ見せている画像もあった。ありえないほどの巨砲を隠し持つ完璧な肉体美。初出演作品にして最高傑作、フルコースで体験。ひどく煽《あお》ったコピーが書かれている。

あの女の子のいっていたことは本当だった。大学で噂《うわさ》になっているのだろうか。誰かがこれを見つけた、ということ。

噂になってしまうのもしかたがないだろうな、という諦めと、騒いでいる連中のくだらなさに、怒りを覚えた。

ただ、わたしが熊本くんになにかいうのは違う。どんな理由ででたのか教えてもらったところで、なんとコメントすればいいのかわからなかった。

壮太郎は乱視の入ったきつい近眼で、目つきが悪い。背は高いけれどひどい猫背だ。新宿伊勢丹《しんじゅくいせたん》前で、所在無げにしている姿を見つけるたび、じっと観察してしまう。彼は大変律儀で、三分前には待ち合わせ場所に立っている。十分前でも五分後でもない。相手に気を遣わせないように細心の注意を払う。わたしが早くこようが、遅くにこようが、気にしていない態度をとる。

なにしていたのか訊ねると、いつも「人間観察」と答えた。面白い人いた？　と質問しても、とくにないね、という。名物のタイガーマスクおじさんが目の前を通り過ぎていっても、コメントは変わらない。彼は顔にでるタイプのくせに、感情が動かされるのを嫌う。

「いつものとこに行こうか」

壮太郎は歩きだし、横のわたしを見ずにいった。

いつもの店、いつものホテル、いつもの行為、いつもの別れの挨拶《あいさつ》。いつも、という状態の安全さたるや。わたしも、「いつもの女の子」なのだろう。

「みのりちゃんは発展家だねえ」

壮太郎のことを熊本くんに告げたとき、いわれた。

「そもそも彼氏、高校の友達のお兄さんなわけでしょ。漫画みたいじゃん」

「わりと多いよ。女子校だからかな」

そんなふうになった人をわたしも知らない。

「でもみのりちゃんとはべつの女と結婚しちゃったわけか」

壮太郎の結婚式の帰り、熊本くんの部屋に寄ったときのことだった。引き出物でもらったバウムクーヘンを振る舞った。

「あっちのほうが先につきあってたわけで、彼女さんが語学留学なんてごたいそうなことをされているうちに」

「ねんごろになられたわけですか」

「いいかた」

「いやむしろ最高じゃない。いつも他人のことなんて興味ありませんて顔しているみのりちゃんがねえ。ギャップだよギャップ、むしろ個性でしょ」

熊本くんもめずらしく飲んでいて、ビールの空き缶が床に転がっていた。

まったく頭に入ってこないスピーチとおざなりな笑いにあふれている式場で、緊張を隠そうと無表情の壮太郎。花嫁の妙な自信。知り合いのほとんどいないテーブルで、わたしはだされる料理を食べ続けた。

「つきすすむしかないね、これは」

熊本くんはそういって切り分けたバウムクーヘンをわたしの前に、置いた。しかも生クリームに色とりどりのジャムが添えられている。

「太るよ」

「俺は鍛えてるからね、それにたまにはこういう毒も摂取したほうがいい。身体が丈夫になる」

そういって生クリームやらジャムを塗ったくった、恐るべき菓子を頬張った。

壮太郎に関して熊本くんに話したのは一度きりだ。熊本くんから壮太郎のことを訊《き》かれたことはない。

「いつもじゃない店がいい」

まもなくいつもの店の前に到着寸前のところで、わたしは壮太郎にいった。

「……いいけど」

壮太郎は立ち止まる。決して女にノーとはいわない男。妻にも妹にもそうなんだろう。男の甲斐性《かいしょう》とは、女の装う鈍感さから落ちないように踏ん張る平衡感覚のことだ。

セックスとはこういうものだ、模範を示せという問いがあるなら、わたしたちはそうとう優秀なのではないか。始まり方も、終わり方も、「いつもの」ように行われる。おおいかぶさられ、うつ伏せにされ、ときに足を持ちあげられる。結局のところ疲れてふたたびおおいかぶさられ、終わる。高校の頃に回し読みした少女漫画よりも上品な行為。横で、天井を見つめている壮太郎の顔に、文字が浮かんできそうだった。任務完了、とか、ノルマクリア、とか。

「なに？」

わたしが見ているのに気づいて、壮太郎はいった。

「胸、薄いね」

わたしは壮太郎の胸を撫《な》でてみた。ひらべったい。

「腹のほうが胸より前にでてきそうだ」

「鍛えたりするの？」

「予定はないね」

熊本くんのＤＶＤのパッケージ写真。あれは加工されているのだろうか。毎日のようにジムに通って、成長させていく筋肉。

「時間大丈夫？」

「ああ、あの人のほうがいつだって遅い」

妻のことを、壮太郎はあの人、という。

「忙しい忙しい、辛《つら》い辛いといいながら、やめようとしない。やりがいのある仕事をしている人間の辛いっていうのはさ、なんだろうな、俺たちの辛いとは意味が違うんだろうな」

俺たち。仕事にやりがいを感じられない、ただ生きている、わたしたち。壮太郎は起き上がった。

「もうじき命日だ」

大切な宝物を扱うように、壮太郎はいった。

「そうだね」

部屋の温度は快適さを保ちつつ、乾燥がきつい。

この人のことが好きなのだろうか。疑問に思うときがある。会おうといわれたら、すこし面倒。会う寸前は気分が浮き立つ。しばらくすると退屈に感じる。裸になれば、盛りあがる。だが、どうしても、思いだしてしまう。

『結局、わたしはまつりに勝ちたかったんだ』

「でようか」

そういわれて、わたしは頷《うなず》く。

金曜日の夜の新宿は、無理をしてはしゃいでいるみたいだ。四人組の男たちのグループが、わたしたちの横を通り過ぎた。年齢はばらばらだったが、やたらに大きな声で騒いでいた。全員肉づきがよく、鮮やかな色の服を着ていた。

わたしは彼らの後ろ姿を見送った。

「どうした？」

急に振り返ったわたしに、これ以上「いつも」と外れた行為をしてくれるな、と壮太郎が咎《とが》めているように思えた。

「あのね、お願いがあるんだけれど」

壮太郎を見ず、わたしはいう。

「ちょっと買い物につきあって欲しい」

わたしはスマートフォンで検索をした。この時間でもやっている。わたしは、さっきの男たちのほうに向かって歩きだした。

「いまから？　なに買いたいんだよ」

壮太郎が、追いついてきた。

「新宿二丁目？　に行きたいんだけど」

そういうと、壮太郎はしばらく黙ってから、なんで、といった。

「欲しいDVDがあるの」

「きみ、そっちの趣味あったっけ」

「そっちって、なに？」

「男同士の恋愛とか好きなの？」

その物言いに失望した。とてもつまらないものが透けて見えた。

「最近はまった」

吐き捨てるようにいった。

「女のわたしじゃ買えないよね。悪いんだけど一緒に入って、お会計してくれない？」

わたしは壮太郎と向きあった。彼は黙っていた。

「さっき入った焼き鳥屋さん、わりとおいしかったでしょう。たまにはしないことをするのもいいんじゃないかな」

なんで俺が、というのを制して、わたしはいった。なんとなく早足になっている。

「どんだけ真剣な顔をしてるんだよ」

壮太郎とわたしは通りへ入っていく。


店中の男たちがわたしに注目し、すぐ目を逸《そ》らした。いないもの扱いされている。部外者がすみません、と頭のなかで謝りながらわたしはＤＶＤを物色した。どれもこれも、裸だ。いい身体、細い身体、ふくよかな。少年、青年、中年。日本人、日本人ではない。できるだけわたしはなにも考えずに面陳されている商品を見続けた。

見つけた。手に取ったものの、じっくり眺めることができない。

「これ」

そういってわたしが振り向くと、壮太郎はアダルトグッズを興味深げに眺めていた。

「おう」

平静を装おうとしていてまぬけだ。

「お金はあとで返すから」

わたしは店からさっさとでた。街灯は少ないけれど、通りは賑《にぎ》やかで明るかった。はしゃいだ声があらゆるところであがっている。わたしは首をまわした。道ゆく男たちがわたしを一瞥《いちべつ》し、通り過ぎていく。自分が銅像にでもなったみたいだった。

「買ったよ」

紙袋を持って壮太郎がやってきた。

「ありがと」

袋を受けとり、わたしたちは歩きだした。

「どこかためしに店に入ってみるか」

壮太郎はいった。返事のかわりに無視した。

「興味あるんじゃないの」

そういわれ、わたしは苛立《いらだ》つ。無言のまま、駅まで歩いた。壮太郎になにをいっても見当違いになりそうだったし、これ以上黙ったままでいたらきっと、でたらめな態度をとってしまう。さっさと別れたかった。

「今日はこれで」

JRの改札で別れて、わたしはほっとした。

「なんで文学部に入ったんだよ」

熊本くんに呆《あき》れられたことがある。大学のテラスでだった。

「読んだことは読んだんですけどねえ」

レポートを一切書くことができず、わたしは苦悶《くもん》していた。

「質問の回答じゃないでしょそれ」

熊本くんはバックパックをあけ、レポートをだして見せびらかした。

「夏休みどうするの」

わたしはパソコンの画面とにらめっこしたままいった。

「アルバイトして、あとはだらだらする」

「実家帰んないの？　どこだっけ」

「滋賀」

申し訳ないけれど、琵琶湖《びわこ》しか思いつかない。

「帰るんなら八《や》つ橋《はし》買ってきて」

「それ京都なんですけど」

「あんこのやつ。変な味はいらない。あと赤福《あかふく》」

滋賀、いろいろあるんだけどなあ、と滋賀土産を挙げる熊本くんを無視して、わたしはパソコンの画面に集中した。

「みのりちゃんは実家どこ」

「岡山」

まったく一文字だって浮かばない。

「きびだんご買ってきて」

「一生分食べたからもう食べる気が起きない」

話はそこで終わった。熊本くんの男友達がやってきて、去っていったからだ。


紙袋を開けることもなく、わたしは寝た。

まつりがひさしぶりに夢にでてきた。

「お兄ちゃんの彼女たちを見ていると、生きる気しなくなってくる」

まつりとわたしは高校の教室にいた。夕暮れだった。

「なんでよ。みんな綺麗《きれい》じゃない」

わたしは壮太郎の歴代の彼女たちなんて見たことがない。

「自分は人とは違うんだ、って顔してるの。違わないことに気づいてない。ばれないようにいつもびくびくしている。妹として三人で話したりでもしたら地獄よ。からっぽだってお兄ちゃんにばれないよう演技中の女と、ばかにしていることを悟られまいと、いい妹を演じているわたしのコラボで」

「疲れるね」

わたしはいった。でも、みんなおんなじなんじゃないかな、結局のところ。

「一般論とか、みんなそうとかいう話じゃないのよ」

わたしはびくりとした。見透かされた。

「自分が同じようになるしかないと考えたら、いてもたってもいられなくなる」

「ならなきゃいいじゃない」

わたしがいうと、まつりは驚いた顔をした。

「なにいってんの？」

ツチノコでも発見したみたいな表情。まつりは兄同様、感情が露骨に顔にでる。隠そうともしない。

まつりは机に座った。わたしも椅子に腰を下ろした。

「わたしたちは結局のところ、ある決められたレールから逃れることは不可能。わたしたちは世の中で流行《はや》っているモードにあわすことしかできない。あるいはモードから外れるというスタイルをとることしかできない」

ああ、こいつはまつりじゃない。わたしは思った。まつりはこんな抽象的で、無意味なことを口にしたりしない。彼女は意地が悪く、兄の女たちを憎んでもいたけれど、この女は、まつりじゃない。

「まさかあんた、死人がなにかメッセージを伝えたくて夢にでてくる、とか思ったりしないよね。そんな生きてるやつに都合のいい解釈してないでしょうね」

まつりみたいな女が薄ら笑いを浮かべる。結局、この女はなにをいいたいんだろうか。夢だというのに、だるく、眠い。

「だから、素直になりなよ」

だから、と接続されるにはずいぶん飛んだなあ、あんただってからっぽだよ。

「おやすみ」

目が覚めた。まだ夢の延長にいるようだった。スマートフォンの時計を見ると、昼過ぎだった。熊本くんからラインがきていた。

『「欲望という名の電車」、渋谷《しぶや》でかかるらしいから行こうよ』

わたしは水を一杯飲み、テーブルの上にある紙袋をあけた。パッケージのモデルと目があう。ディスクをパソコンに入れた。

『いまやってるの?』

わたしは返信した。

ソファーに座っている熊本くんが画面にあらわれた。じゃあ名前とプロフィールを教えてください。タカハシタクミ、身長は百七十九センチで体重は七十二キロです。年齢は?十九です。

笑えた。タカハシタクミ。高橋一生《たかはしいっせい》と斎藤工《さいとうたくみ》をくっつけた芸名なんだ。年を微妙にごまかしている。

スポーツはなにやってるの？　ライフセービングをしてます。部活？　そうです。そうなんだ、ガチなんだ。ガチですねえ。じゃちょっと脱いでもらっていいかなあ。すげえガタイいいじゃない。胸とか、動かせる？　おお、やべえな、毎日トレーニングとか。ああ、はい、そうです。

『行く。何時にどこ？』

単刀直入に聞くけど、タクミくんってセックス好き？　はい、結構、いやかなり。彼女いんの？　ああ、いますね。つきあってどんくらい？　半年くらいですかね。彼女に内緒でこんなのでちゃって。彼女とは週にどんくらいやってんの。部活忙しくてあんまり会っていないです。じゃ溜《た》まってるでしょ。はい。だったら今日はね、気持ちよくなってもらって。はい。

『六時半に東急の本店前で』

『りょ』

ペンギンが敬礼しているスタンプが送られてきた。

わたしは、映像を流しっぱなしにしながら、インスタントコーヒーを飲んで、食パンを焼いた。

喘《あえ》ぎ声が熊本くんの口からもれだしたとき、少しヴォリュームを下げた。サングラスの男に、熊本くんは乳首を舐《な》められ、下着のなかに手を入れられている。彼女とか、こういうことしてくれるの？　いや、ないです、そんな。彼女の名前なんていうの。まつりです。まつりちゃん？　めずらしい名前だね。

わたしは止まった。わたしの時間だけ静止しているのが、身体をよじらせて悶《もだ》え続けている熊本くんでわかった。

男は熊本くんの性器を下着からだし、器用に手で扱いだす。そのうち男は顔を埋《うず》め、のみこんだ。熊本くんは目を瞑《つぶ》り、身体を小刻みに震わせ続けている。モザイクはかかっているのだけれど、部分が見えるように男は頭を大きく動かしながら、一定のリズムで熊本くんを刺激し続けている。部屋中に荒い息づかいが満ちた。

まつり、なんてよくある名前ではない。タカハシタクミは彼女に内緒でビデオにでている。体育会系のライフセービング部に所属していて、たまにしか彼女と会うことはない。

熊本くんとタカハシタクミは同一人物だ。本名は熊本祥介で、まもなく二十一になる。

身長と体重は、わたしはよく知らない。読書だなんて無難な趣味。二十四時間営業のジムでストイックに、深夜トレーニングしている。滋賀県出身で、大学ではわたしとあまり関わりない男友達が何人かいる。女友達はわたしだけ。たまに料理を作って、わたしにご馳《ち》走《そう》してくれる。彼女がいるのか、それともゲイなのか、わたしは、知らない。

あ、でそうです。

熊本くんのことを、わたしはなにも知らなかった。

まつりのことだって、なにも知らなかった。

いいよ、だして。はい。いつも彼女とやってるとき、なんていってるの。まつり、でるよ。

タカハシタクミは痙攣《けいれん》し、そのまま勢いよく何べんも飛沫《ひまつ》をあげた。男の手が大写しになり、すげえなあ、めちゃ濃いよ、と相手の男が嬉《うれ》しそうな声をあげた。

わたしはDVDの裏表紙をみる。

『いきなりの単体作品で登場、体育会系の濃いエキスが迸《ほとばし》る！』

四パートあり、『初撮影は男の手による大放出』『初めての男の味、女とは異なる穴の感触に腰の動きが止まらない』『初受け貫通は巨砲による強制中出し、そしてまさかの……』『寝込みを襲い、逞《たくま》しく漲《みなぎ》る朝勃《だ》ちから圧巻の超爆発』とあった。さまざまな格好をしたタカハシタクミが写っている。

画面では下着一枚のタカハシタクミが、後ろから、屈強な男に抱きしめられている。撫《な》でられながら、タクミは息を殺していた。

東急本店前で、熊本くんがスマホをいじりながら立っていた。わたしは信号を渡れずにいた。この距離感で、熊本くんをじっと見てみる。観察してみる。信号が青になり、まわりの人々が渡りだす。

向かいからやってくる人たちが、わたしに目を向けた。熊本くんが視界から隠れると、わたしは身体をずらし、どうにか見つめようとする。

あの人は、熊本祥介なのか、タカハシタクミなのか。

熊本くんならば、ごめん遅れた、といつものように駆け寄り、他愛のない話をする。タカハシタクミなら、わたしのことを知っているのだろうか。

何度目かの赤信号になった。マリオカートに扮《ふん》した一団がやってくる。このあたりではよく見る。熊本くんが、彼らを目で追う。気づかれるかもしれない、と身構えた。熊本くんはスマホに顔を戻した。

もうじき待ち合わせから五分が過ぎようとしていた。かばんのなかでスマホが震えた。たぶん、熊本くんからだろう。次に信号が青になったら、そのまま走って、遅刻を謝るべきか。


「病人のくせに立ち読みしてんなよ」

まずいところを見つかった。

「なんでここにいるわけ」

「心配になるよ、そりゃ」

熊本くんは、手に持っているビニール袋を胸のあたりまであげた。

「ごめん」

わたしは雑誌をラックに戻した。

『ごめん、調子悪い。風邪かもしれない。寝てれば治ると思う。ごめん』と書いたくせに、近所のコンビニで雑誌を立ち読みしていた。

「おかゆなら食べられる？」

熊本くんはいった。

「どうも」

わたしはビニール袋を受けとろうと手を伸ばした。

「家まで行くよ」

万引きがばれて親と一緒に帰るみたいだ。わたしたちは無言で夜道をとぼとぼ歩いた。

「シャケも焼こうと思うんだけど」

「映画、どうだった？」

わたしたちは同時にいった。

「観《み》なかった」

「ごめん」

「早く治したほうがいいよ」

熊本くんはあいかわらず優しく、わたしのほうは罪悪感を抱えていた。

「レポート多かったし、ばて気味で」

いいわけがましくわたしはいった。

部屋に迎え入れると、あいかわらずだねえ、と熊本くんはため息を零《こぼ》した。部屋は散らかっていた。DVDはベッドの下に隠してある。浅はかな男子中学生か。

「台所借りまーす」

勢いよく水の音がした。たぶん熊本くんは置きっ放しにしてある汚れた皿をしっかりと洗いあげてくれるんだろう。できた男だ。

わたしの座っている場所から、熊本くんの背中が見えた。熊本くんの足元から、上に向かってわたしはじっくりと観察した。キャプテン・アメリカみたいなお尻をしばらく眺めた。

タカハシタクミは脂汗を掻《か》きながら、なにもかもをのみこんでいった。人間の身体は不思議だ。これならばきっと、鼻や耳の穴でもできるのではないか。足を手で持ちあげ、タカハシタクミは受け入れていった。

洗い物を終え、熊本くんは鍋をコンロに置いた。意外と手際が悪いのだ。

「寝てなよ」

わたしを見て、熊本くんはいった。

「うん、ありがと」

そういったまま、わたしは動かなかった。

「変なの」

熊本くんはとくに意に介さず、準備を続けていた。

「背中、大きいね」

わたしはいった。ばかみたいなコメントだ。

「背中はねえ、鍛えてますよ。なかなかうまくいかないけどね」

わたしを見ずに、熊本くんはいった。

「お父さんってかんじがするね」

「なにやってるんだっけ、ご両親」

「父親は会社員だと思う」

「なんだそれ、だと思うって」

「会社の名前も、どんな仕事しているのかもわかんないんだもん」

「そうなんだ」

熊本くんは追究しなかった。

「最近、わたしはなにも知らないんだなあ、と思うんだよね」

「どういうこと？」

「父親の仕事に興味がなかったし、友達がなにを考えていたのかもわからなかった」

「友達？」

「高校の頃の」

熱い鮭がゆが出来上がり、わたしは息をふきかけながら、ゆっくりと食べた。

「高校のとき、面白いことあった？」

まるで、面白くなかった前提で訊《き》かれているみたいではないですか。

「美人な友達がいたなあ。その子とつるんでた」

あんまり覚えてないの。なんだかどんどんぼんやりしていく。数年前のことなのにね。なんだろう、いつのまにか自分と昔の自分が離れてしまった気分なんだよ。大河ドラマで数年後、みたくテロップがでて、いつのまにか年とってるみたいな。

「ああ、わかるよ」

熊本くんは頷《うなず》いた。同意してくれたことが嬉しくて、顔を伏せた。

「最近さ、小説を書いてるんだ」

なにをいわれたのかわからず、わたしは熊本くんを見た。照れた表情をしていた。

「僕さ、小説家になろうと思ってて。なんで、就職活動はしないつもりなんですよ」

わたしはびっくりしてしまい、「小説家？」と素《す》っ頓狂《とんきょう》な声をあげた。ご飯粒が飛んだ。

熊本くんは、真剣な顔だった。

「アルバイトしながら、小説を書くとか？」

なんて夢見がちなことをこの人はいっているんだろう。

「実はずっと書いてて」

「小説？」

「小説サイトに載せてて。いまいち場違いなんだけど」

本を読み、アルバイトをして、トレーニングをし、大学で友達と笑いあい、そのうえ文章を書いている。なんて忙しい人なんだろう。

「すごいねえ」

「書き終えたら、みのりちゃんも読んでね」

「教えてくれたら、いますぐ読むよ」

「ネットに載せてはいるけど、やっぱり自分のことっていうのは恥ずかしいもんだよ。裸を見せるようなもんじゃない」

裸どころか、あられもない姿をこの人は見せているじゃないか。モザイクは入っていたけど、まるだしだった。

「書きあがったら、教えるね」

熊本くんはそういって、自分が平らげたお椀を手にして、台所に向かった。

「あの本棚に、熊本くんが書いた本が並ぶなんて、いいね」

熊本くんの部屋にある本棚は、べつに大きいわけではない。高さはわたしの胸のあたりまでしかない。でも、熊本くんの好きなものが、きちんと並べられている。

「ああいう本棚、欲しいな、わたしも」

「買いなよ。ていうか文学部なんだし、読めよ」

「お金ない。もっといえばなに読んだらいいのかわかんない。だから、熊本くんの本棚にあるのを読むよ、おさがりで」

あの本棚を見ていると、結局はすべてが自己表現なんだなあ、と思えてくる。好きなものを手元に置いておくこと、整理すること。なにもかも自分をあらわしているんだなあ。わたしは、熊本くんの本棚のような、確固としたものをそばに置くことができるんだろうか。雑誌で繰り広げられる素敵なもの、ではなく、自分オリジナルの。


「ちょっとパソコン借りるね」

そういって熊本くんは、床に置いてあるノートパソコンを勝手にひらいた。

「ゼミの飲み会、幹事なんだよ。店探さないと」

「そんなの自分のスマホで調べてよ」

「パソコンのほうが楽じゃん。いいとこあったら客観的意見を教えて」

わたしはパスワードを教えた。

「いつものとこじゃつまんないって先生がいうんだよね」

予算は二千五百円くらいで飲み放題とかないかなあ、などとぼやきながら、熊本くんはキーボードを叩《たた》いていた。

わたし、体調不良っていう設定なんだけどなあ、と思いながらわたしは立ち上がった。台所はすっかり綺麗《きれい》になっていた。

冷蔵庫をあけて、麦茶を取りだした。水出しパックがもうなかったのを思いだした。だからコンビニに入ったんだった。

「ねえ、みのりちゃん」

熊本くんがわたしを呼んだ。

「なんかいい店あった?」

熊本くんが帰るとき、一緒にでるか、とわたしはのんきに思っていた。

「訊きたいこととか、ないの?」

熊本くんは険しい顔でパソコンを見つめていた。

「飲み会、わたし行けないんだった、実家に帰らなくちゃいけなくって」

熊本くんと目があった。こんなに悲しそうな顔をしている人を、間近で見たことがあるだろうか、というくらい、青ざめて、眉尻《まゆじり》を下げ、そして、なにか化け物でも見るような怯《おび》えた目をしていた。

「なに？」

わたしは、人にこんな表情をさせてしまうような人間なんだろうか。

「初めて見たよ」

そういって、パソコンの画面をわたしに向けた。

ちょうど、途中から再生されている。音は消えていて、熊本くんが屈強な男の上に乗り、腰を動かしていた。

「まだ見てなかった」

熊本くんは音量をあげた。

ああ、ああ、でます、でます、だめですか。

むせび泣きながら懇願するタカハシタクミに、まだ我慢できるよね、ねえ、と声をうわずらせながら男がいう。

もれちゃいます、もれちゃいますよ。

「すごいね、どこで買ったの？」

熊本くんは、口元を歪《ゆが》めながら、いった。

「お店で」

わたしはいった。

「大学で噂《うわさ》になってるのは知ってたけど、みんなわりと他人事《ひとごと》っていうか、僕の前じゃいわないからね。高かったでしょ」

「うん、でもね」

どう説明したらいいのかわからないまま、言葉を探した。なにもでてこなかった。

タカハシタクミが、う、う、と激しく悶《もだ》え、うわあ、すげえなあと男が大喜びする。エッロいなあ、こんなになっちゃって、タクミくん、変態だなあ。

『気持ちよすぎて、おかしくなりそうです』

「誰に見られたところでなんともないと思っていたけど」

少しうなだれた熊本くんを見て、ほんとうに、どうでもいいことを考えた。

目の前にいるのは、熊本くん？　タカハシタクミ？

わたしは、人を傷つける天才だ。

「少し、見ていていい？」

熊本くんはいった。わたしは返事ができなかった。

どのくらいの時間だったか、わたしは立ったまま、熊本くんがパソコンを見続けている姿を見ていた。

「終わった」

そういって、ノートパソコンを熊本くんは閉じた。

「じゃあ、そういうことで」

熊本くんは立ち上がった。わたしと目をあわせなかった。わたしがあわせられなかったのかもしれない。

「飲み会こないんだろ?」

いつもの熊本くんの口調と違った。もうこの人間にはなにも配慮しないでいい。そうくだされた気がした。

「実家に、友達のお墓参りに行くから」

「りょーかい」

興味なさそうに熊本くんはいった。

靴紐《くつひも》を結ぼうと玄関に座りこみ、背中を丸めている熊本くんを見ながら、なにかいってくれないか、と甘い期待をした。

「あんなの買う金あるなら、本買えよ」

ドアが閉まった。

熊本くんと会ったのは、このときが最後となった。

2　まつりとわたし

「みのりちゃんとは仲良くできるような気がするんだよね」

下の名前で呼ばれて、わたしは驚いた。

昼休み、お弁当をさっさと食べ終え、校庭の隅にあるベンチに腰掛けていた。

高校に入学して一週間が過ぎようとしていた。ここの生徒は、県立高校を落ちたやつがほとんど、と噂されていた。わたしも第三志望校として、滑り止めで受験した。まさか自分がここに通う羽目になるなんて、冬には思いもしなかった。

同じ中学出身の子たちともクラスが分かれてしまった。話し相手もおらず、三時になったらさっさと帰る、冴《さ》えない生活を送っていた。

目の前にいる女の子はショートカットで、すらっとしている。女の子というよりは、かわいい男の子、みたいだった。

クラスメートの名前をちゃんと覚えていないわたしですら、彼女の名前は知っていた。同級生たちと彼女は違っていた。全然違うジャンルの漫画のキャラクターがぽつんといるみたいだった。

みんな野暮ったい制服を自虐的に着て、誤魔化そうと苦心している。まつりは違った。「つまらないものを着せられたところでこの人の魅力をかき消すことなどできない」と思わせた。雑誌やテレビのなかにいる美しさではなく、なにかむき出しの「華やかさ」があった。とにかく、目を引く。

彼女はわたしの横に座った。

「ご飯食べるの早いね」

「そうかな」

「いつもさっさと食べて、そのまま教室飛びだしていっちゃって」

わたしはいつまでたっても学校に馴染《なじ》めず、落ち着けそうな場所を探し回っていた。女たちの賑《にぎ》やかな声があちこちで聞こえてくる。

「高校生になったからって、なにも変わらないもんだね」

まつりは校庭を見ながらいった。

「みんな高校デビューしようと頑張ってるもんね」

いってすぐ後悔した。シニカルな視点を持っております、とでもいいたげな、自意識過剰で空気の読めないコメントだ。

「わかる」

まつりはわたしのほうを向き、笑った。最後まで真意を汲《く》み取ることのできなかった、悪意があるような、無邪気すぎる微笑みだった。

「肩書きが高校生って、微妙だね」

わたしはいいわけがましいことをいった。みんなのことを話すのはフェアじゃない、自分のことを語るべきだ。そんなことばかり気にするから、いつだって友達をうまく作れない。

「高校生っていったって三年だけだし」

「中学生のときも三年だったけど」

「うーん、多分、中学よりも、大人に近いし、それに」

まつりは続けた。

「人生のピークが、いまなんだって、まわりに思われてるような気がして、自分もなんとなくそんな気がしていて、プレッシャーを感じてるとか？」

土産物屋に並んでいる菓子に、うっすらほこりがかぶっていた。わたしがこの街を離れたときからそのままあるのではないか。

懐かしい景色を前にして、頭がこんがらがってくる。

なにもかも、変わっちゃいない。なのになぜか、もうべつにこなくてもいい場所に迷いこんでしまったような。

「あんた、まつりちゃんの命日にしか帰ってこないよねえ」

母は『科捜研の女』の再放送を気にしながらいった。わたしのことよりも沢口靖子《さわぐちやすこ》さんに夢中なのだ。

「成人式でればよかったのに、すぐ帰っちゃったし」

「写真館で振袖《ふりそで》撮影したもん」

いつまでたっても母と話すと語尾が甘ったれてしまう。

「張りあいがないねえ」

張りあいのない娘。それがわたしのこの家でのポジションだった。昔から変わっていない。いつになったら自分が家族の期待に応《こた》えることができるのか。皆目見当がつかない。

「お父さんはやく帰ってくるって」

「べつにいいのに」

「すぐ帰っちゃうから、さみしいんじゃない？」

家事を手抜きすることにかけては天才の母、娘大好きな父、見た感じ平均的な我が家。

『明日の朝到着。待ち合わせしよう』

壮太郎《そうたろう》からラインがきていた。

「散歩でもしてこようかな」

「お金あるの？」

返事を待たずに母は、テーブルの上に無造作に置かれている財布から、五百円玉をだした。

「お茶でもしてくれば？」

居心地悪くしているのに気づいたらしい。

「五百円？」

「あんたねえ、五百円稼ぐのだって大変なのよ？」

近所のスーパーでたまにレジ打ちをしている母が、いった。実感をできるだけこめずに、軽くいう。母の上品な部分だ。


べつに行きたい場所なんてなかった。電車に乗って、アウトレットモールにでも行こうかと思ったけれど、あんな場所で無目的にほっつき歩くことほど悲しいことはない。のどかな街並み、広がる空、そして緑。ここに十八年住んでいたというのに、もう空気に馴染めない。翌日になれば慣れる。でも、すぐ東京に戻ることになる。

熊本《くまもと》くんに会って、どんな顔をすればいいのか。避けられてしまうかもしれない。わたしたちの友情は、おしまいかもしれなかった。

なんでだろう。熊本くんを思いだそうとすると、あの笑顔や、惚《ほ》れ惚《ぼ》れする身体、作ってくれた料理よりも、部屋にあった本棚を思いだす。熊本くんの読んだ本が詰まっていた。

中身がどんどんアップデートされていく。彼そのものだった。

わたしは、熊本くんのことを知りたかった。だから、熊本くんが大切にしている「お話」を読みたかった。

熊本くんのプライベートや、考えていることを、知りたくて、でも訊《き》けなくて、わかった気になった瞬間、自分のなかで蓋《ふた》をしていたことが、明かされてしまうことを恐れた。

スマホが震えた。

『明日早朝に到着。飯を食ってから、行こう』

壮太郎からだった。

いろいろなことが不安でたまらない。根源に、世界は、なにもかももやもやしている、という恐怖がある。わたしは、「自分はどうやって生まれたのか」と親の顔を窺《うかが》いながらほくそ笑むような子供になれなかった。謎は謎のまま、放っておいた。いずれ解決する、と幼く傲慢《ごうまん》なわたしは信じていた。

それは違った。謎のままでいることに、慣れるだけだった。そして、たまにうやむやの解決がある、という程度のものでしかなかった。

わたしには、心底知りたいと思えるような相手は、これまでいなかった。熊本くんで、二人目だった。きっと、隠し事の得意な人が好きなんだろう。

街灯がつきはじめていた。夕焼けがやたら壮大だった。じきに空は夜に侵蝕《しんしょく》されだす。

その移り変わりに圧倒される。

困った。こんなふうに、どんどん時間は過ぎていくのか。いま行動しなくてはいけない、と感じた。

わたしは、一秒でも遅くなったら間にあわない。躊躇《ちゅうちょ》する気持ちをかなぐり捨て、電話をした。

コール音が続いた。

「はい」

熊本くんの声は、いつもと同じだった。

「いま、大丈夫？」

「ちょっと待って」

ゴソゴソと音がした。

「いいよ」

熊本くんはいった。

「わたしね、高校の頃に、友達が死んじゃってて。自殺なんだけど」

沈黙が、慌てさせた。こんなことを話すつもりではなかった。

「そういう話って、あれじゃない、重いじゃない」

「そんなことないよ」

「わたしにとって初めての友達だったんだよね」

「うん」

「その子、人気者だし、人当たりがよくて、なんだか」

熊本くんみたいだったよ、といいそうになった。

違う。まつりと熊本くんは、全然違う。

「なに？」

「なにいおうとしたか、忘れた」

みのりちゃんらしいね、と熊本くんは笑った。自分の名前を呼ばれることが、こんなにも嬉《うれ》しいのか。

「その子のお兄さんとつきあっていたの」

自然と過去形になった。壮太郎とはもうすでに終わっていた。まつりがいなくなってしまったら、わたしたちの関係などないも同然だった。一緒にいることで、あの子が蘇《よみがえ》るとでも祈っていたのだろうか。

「その子には秘密だった。でもばれて……、なんだろう、いいかたが悪いね」

「わかるよ」

「なんでわかるのよ」

わたしは思わず声を荒らげた。なんでこの人は、そんな簡単にわかるなんていうんだろう。わたしは身勝手に苛立《いらだ》った。

「まつりっていうんだけど」

「……まつり」

「なんで知っているの？」

混乱した。わたしが知っているまつりと、タクミのまつり。

「さっき自分でいったじゃないか」

おかしいやつがカウンセリングを受けているみたいだ。

「そうか、そうだね。まつりのお兄ちゃんとつきあっているのが、まつりにわかってから、少しして、まつりは死んじゃったの」

わたしはベンチに腰掛けて電話をしていた。滑り台とブランコ、そして砂場しかない小さな公園には、わたし以外誰もいない。あたりを見回してみる。マンションの窓のいくつかに明かりが灯《とも》っているというのに、誰もいないように思えた。なにもかもに取り残されてしまったように感じた。この電話が唯一、人とのつながりで、話しているのは、熊本くんだった。

「まつりの自殺の理由と、きみの抱えている罪悪感は、まったく関係ない」

熊本くんは断言した。

「なんでそんなことわかるのよ」

「なぜなら、僕は作家だから」

「ごめん、ほんとうに、意味がわからない」

「僕が考えていることとか、思っていることとっていうのは、妄想とか夢とかじゃなくて、そうなんだ、って、わかったんだよ」

これじゃあ、おかしなふたりが好き勝手にしゃべっているだけじゃないか。

「まつりはべつに、きみの秘密がわかったから嫌いになったわけではないと思う。それが自殺に導いたトリガーだったわけでもない。彼女は、思いこみに囚《とら》われていて、がんじがらめになってしまった」

「どういうこと」

「なんとなくわかる気がするんだ。自分は作家だとか突然いいだしたやつにいわれても信《しん》憑《ぴょう》性ないかもしんないけどね」

熊本くんはわたしの混乱を察したのか、茶化した。

「みのりちゃんはそんなにいやなやつじゃないよ」

わたしは、黙って聞いた。

「きみは優しくて、健康で、つまり健全で、それをカッコ悪いって思ってるだけだよ。優しさに、カッコいいも悪いもないでしょ。だから」

しばらくの沈黙のあと、熊本くんはこういい切った。

「みのりちゃんは、大丈夫だよ」

わたしはその言葉を噛《か》み締めた。

ただ、「大丈夫だよ」といわれただけだった。なのにわたしの視界は滲《にじ》んだ。

「話をぶったぎって、ごめんね」

「ううん、自分でもなんでこんなことをいったのかわかんないから」

わたしは、電話をしてよかった、と思った。でも、核心には届いていない。なにをどう頑張ったところで、届きそうもない。

「さっきさ、書き終わったんだ」

熊本くんはいった。

「なにを?」

「ほら……小説」

おめでとう、とわたしはいった。思いの外素っ気なくいってしまったように感じて、慌てて、「ほんとに」と付け加えた。

「それで、なんていうか、すごい万能感のなかにいるってだけなんだけど」

だから、作家だ、といったのか。わたしは納得した。

「読みたいな」

「一度読み返してから、URLを送るね」

大問題が解決したかのような錯覚に陥る。なにも解決していない。タカハシタクミについて、わたしたちは一切話していない。

これからのわたしたちが、どういうふうに取り繕っていくのか、わたしの感情が、どう変化するのか、わからない。

熊本くんがいった。

「じゃあ、またね」

「ありがとう」

そういって、わたしは電話を切った。

家に戻ると、父がソファーで横になっていた。

「どこほっつき歩いてたんだ」

父の物言いは、小さい頃から変わらない。ぶらぶらしてた、とわたしは答えた。

「なにもないだろ」

「たまに帰ると新鮮なんだよね」

父は書店のカバーがかかった本を読んでいる。はるか昔から変わらない姿勢だった。

「なに読んでるの？」

「ためになるやつをな」

父はどこかの社長の自伝だとか、人生をよりよくする習慣だとか、そういう本を読むのが好きなのだ。五十になってなお、いつだって前のめりに、仕事に励んでいる。

「大学はどうだ」

「ぼちぼち」

「留年なんてしないでしょうね」

台所のほうから母の声がした。

「大丈夫」

わたしは母に向かって少し大きな声をだした。母は、父が帰ってくると突然てきぱきしだす。

「就活、どうするんだ」

「準備はしてる」

嘘《うそ》をついた。

「一生のことなんだからな」

はい、とわたしは素直に頷《うなず》く。そうであるならば、大変なことだなあ。まだ他人事《ひとごと》でしかなかった。

「後悔しないようにな」

父はいい、母がやってきた。話はそこで打ち切られ、母が最近あったご近所トラブルを語りだした。

風呂《ふろ》からあがってすぐ、わたしは部屋のベッドに寝転んだ。

スマホを見てみると、通知オフにしていたゼミのグループラインが溜《た》まっていた。居酒屋で酔っ払っているみんなの写真があげられて、アルバムができていた。結局いつもの店に落ち着いたらしい。

『熊本こないから先生超不機嫌でやばい。二次会これそうなら返事くださいね〜』

ゼミ生の一人がメッセージを流していた。熊本くんは、出席していない。夕方電話をしたとき、熊本くんはでたのに。

小説を書きあげて、疲れているのかもしれない。べつに無理していくほどの集まりでもない。やたら飲み会の多いゼミなのだから。

わたしはスマホのアラームをセットして、枕の横に置いた。


「お墓のなかにわたしはいないのよ」

声がした。暗闇のなかにわたしはいる。

「じゃあ、どこにいるのよ」

わたしは訊《たず》ねた。これは夢で、話しかけてくるのはまつりだ。わかっていた。

「いまは、なぜかみのりのそばにいるんだよね、わかんないけどさ」

投げやりないいかただった。

「本当のまつりじゃないんでしょ」

自分の罪悪感が作りだしたんだろう。わたしにはわかっていた。

「知らんよ。結局のところ、自分自身なんてさ、捉《とら》えることできないでしょ。他人が自分のことをどう思ってるか、だったりするでしょ」

まつりが笑いだす。

「面白くもないのに笑わないで」

「ねえ、なにが見たい？」

笑いの延長で、まつりが囁《ささや》く。

「なにも見たくないよ……」

わたしの存在はなかった。カメラになっていた。ここは……。熊本くんの部屋だ。本棚に手をついて、裸の熊本くんは四《よ》つん這《ば》いになっていた。同じように体格のいい男に、背後から激しい音を立て突かれている。

ぐう、とかうう、とか呻《うめ》きながら、熊本くんは犯され続けている。

時折男が動きを変えると、熊本くんは頭を棚に押しつけた。

「動物みたいだね」

まつりの声がした。

「動物の交尾とか、わたしちゃんと見たことないんだけどさ」

熊本くんの手に引っかかり、本が何冊か、棚から落ちた。

「あんたのフェチ具合、ヤバくない？　どんだけなんだよ」

「違う」

瞼《まぶた》を閉じることができなかった。

「こういうこともあったのかもしれないよね」

熊本くんの背中は汗ばみ、時折流れができた。男が熊本くんにおおいかぶさり、顔を近づけて口を吸う。

「ねえ、よく見てみなよ」

なにを見ろというのだ。熊本くんの目はとろんとしていて、口は相手の出した舌を吸いこもうと唇をすぼませる。

その相手も、熊本くんだった。熊本くんを抱き続ける熊本くんが、熊本くんの尻《しり》を叩《たた》き、のけぞらせ、熊本くんを床に落とした。そのまま熊本くんは熊本くんを抱きしめて、首に顔を埋《うず》める。

わたしは混乱した。熊本くんを、タカハシタクミが抱いているのか、その逆なのか。そんなことはどうでもよかった。同じ身体、同じ顔の男が、熊本くんの部屋で、からまりあっている。

これが、わたしの欲望なんだろうか。ただ、わたしはこの痴態を見続けている。

「あんたはあんた以外になることはできないんだよ」

まつりの声がした。

「あんたは、なにになりたかった？」

「わたしは」

多分、わたしは存在しない部屋のなかで泣いていたのだと思う。存在しないわたしが、存在することのない涙を流していた。

「わたしは、まつりになりたかった」

壮太郎を愛しているまつりになりたかったから、壮太郎と寝た。

「他には」

「わたしは、熊本くんになりたかった」

人に優しく、落ち着いた、身綺麗《みぎれい》で、誰からも愛される、誰もが振り向く、そして、女を傷つけるようなことを一切しない、熊本くんになりたかった。

「そんな熊本を、あんたは熊本自身になって、汚してやりたかったんでしょう？」

さまざまな格好になりながら交接が続く。もののない部屋のなかで、蠢《うごめ》き続ける熊本くんたち。

「なんのために、熊本くんになりたかったのよ」

「それは」

思考がぼやけてくる。視界は鮮明なのに、まとまらなくなる。それをいってはいけない、となにかにいわれている気がする。

ぴったりと重なった熊本くんたちが大きく揺れ続け、同時に大きな声をあげた。尻が何度も震え、汗に濡《ぬ》れた背中から湯気が立ち、鈍く光る。二人はぐったりとしていたが、身体を離そうとしなかった。

わたしは目を覚ました。

あの目があった。

ベッドの横に、父が立っていた。父は無表情だった。わたしのことを、ただ見ていた。夜毎《ごと》に、わたしの部屋にやってきて、わたしのことを見下ろしていたときの、あの顔だった。

父が、父でない何者かになっているときの顔。この家をでるまで、ずっと怯《おび》えていた、あの行為が始まる合図だった。

暗闇のなかで、親子で見つめあった。声をあげることができない。金縛りにでもあったみたいだ。わたしは息をのみこみ、そして睨《にら》みつけた。

わたしはあの頃のわたしではない。どうせわたしにしかなれなかったとしても。

一言も口をきかず、父は部屋から静かにでていった。

わたしは起き上がった。髪をかきあげ、平静を取り戻そうとつとめた。汗を掻《か》いていた。

一刻も早く、ここからでようと思った。喉が渇いていた。着替えて、音を立てないようにして、部屋からでた。

まつり、わたしがなんであなたたちになりたかったのか、それは。

父に監視されている気配があった。

桃太郎の人形がポストに頬杖《ほおづえ》をついている。わたしは反対側に身体を預けていた。まるで記念撮影しているみたいだ。カメラマンはまだやってこない。

「どっちが桃太郎かわかんなかったよ」

壮太郎は開口一番つまらないことをいった。スーツ姿でない壮太郎は、ださい。大学生の頃から服装が変わっていないからだ。貧弱な白い腕が、より彼を貧相に見せていた。

「鬼退治できるような器ではないよ、わたしは」

ファミレスに朝までいたわたしは、身体が重く、頭もぱっとせず、不機嫌だった。

「一度家に戻りたいんだけど」

壮太郎は、土産が入っているらしき紙袋を提げていた。

「なら先に行こうかな」

「迎えにきてくれたのにつれないなあ」

地元にいるからか、妻の目が届かないからか、気持ちが弾んでいるらしい。

「じゃあ、家の近くまでは行くよ」

「車借りるから。ついでに朝飯出してもらおう」

わたしは行きたくなかった。

壮太郎とまつりの義母である、楠音《くすね》さんに、会いたくなかった。

「朝からお邪魔するのもなんだから」

断ったというのに、

「なにいってんだよ、親戚みたいなもんだろう」と壮太郎はわけのわからないことをいった。

壮太郎の家は、おそろしく大きかった。フィクションの権力者が暮らす豪邸。門から玄関まで、しばらく歩かなくてはならない。高級車がずらりと並んでいる。

「ねえ、前から思ってたんだけど」

わたしは壮太郎に聞いた。

「この家の部屋、全部入ったことある？」

「ないかもしれないな。俺の知らない隠し部屋とか絶対あるだろ」

さらりという壮太郎に、わたしはなんというか、この人の人柄や性格の由来を考えずにいられなかった。

「相続する前に確認しないといけないよなあ」

壮太郎はのんきにいった。

「家、継ぐ気あるの？」

「親の跡は継がなきゃいかんだろ」

妻に任せるのだと思っていた。壮太郎は現在、商社に勤めている。コネ入社で、会社に未練などないのだろう。かといって、両親の仕事にだって興味なさそうだ。

「だって壮太郎の家って……」

「お帰りなさい」

玄関のなかから声がした。ドアがひらき、喪服姿の楠音さんがあらわれた。

「今年もどうもありがとうございます」と楠音さんはお辞儀をした。

「そんなこと……」

どういったらいいのかわからず、わたしは言葉を濁した。

玄関に入るときつい線香のにおいが鼻についた。豪華な日本家屋に、喪服姿の美しい女、陰惨な殺人事件が起きてもおかしくない風情だ。

客間に通され、座布団に腰を落とすと脱力した。

「あの人、いくつなの？」

「わからん。俺が物心ついたときからこの家にいるけど、まったく老けないよ。母さんはみるみる老けていったっていうのに、あれはいつまでたってもあのまんまだった。母さんが死んで、親父《おやじ》の後妻に入って何年たったかな」

俺が中学の頃に……と壮太郎が目を瞑《つぶ》って数えていると、楠音さんがお茶を運んできてくれた。

「ゆっくりしていってくださいね」

この人の現実感のなさはいったいなんなんだろうか。いつ会っても喪服姿だ。はからずも女を美しく見せてしまう装いだというのに、まったく色気というか、人間味がない。幽霊みたいな人だ。

「車をつかう」

「もちろんですよ」

そういって、襖《ふすま》を閉めた。

「なんだろうな、火の鳥の血でも吸ったのかな」

「なにそれ」

「手塚治虫《てづかおさむ》、不老不死」

壮太郎は、楠音さんを、まるで家政婦のように扱う。

「うちの父さん、力なんてないのよ」

まつりの家に泊まったとき、まつりはさらりと秘密を暴露した。わたしたちは布団をかぶり、プリングルズをちびちびつまんでいた。

「お父さんにすごい霊力があって、信者の皆様が地獄に堕《お》ちないよう日々祈ってるっていわれてるけどさ」

「その説明、とんでもないな」

笑うに笑えない。

「あの女がすごいんだよ。あいつ、妖怪なんじゃないかな」

わたしの耳にまつりは顔を寄せ、小声でいった。

「おそろしいことに、お兄ちゃんの童貞を奪ったんだよあの女」

「はあ？」

さすがに驚いて、わたしは声を張りあげた。壮太郎……、当時はまつりのお兄さん、とだけしか認識していなかったその人は、まつりと三つ年が離れていて、大学生になったばかりだった。

ときどき高校の前まで、車でやってきて、まつりを乗せて去っていった。仲が良く、二人はまるで恋人同士にも見えた。

「なんでそれ知ってんの」

「見た」

がばりとわたしは布団から起き上がった。まつりの表情は真剣だった。

「あの女、いつもお兄ちゃんにべたべたしててさ。わたしはずっと警戒してたの。小学生のとき、お兄ちゃんは中学生ね、夜にトイレに行こうとしたとき、お兄ちゃんの部屋から……」

「うわあ、やめてやめて！」

といいながらもどうしようもなくベタな展開の続きを知りたくてたまらず、騒いでしまった。

「お兄さん、妹がそのことを知ってるって……」

「感づいてるんじゃない？　一時期わたし、お兄ちゃんたちのアレを覗《のぞ》くのにハマってて、毎晩障子の外で聞いてたし、隙間があろうものなら覗いたし」

「よくやるよ」

その度胸に尊敬の念すら抱いた。

「なんだろうな、学んだんだよな、あれを見ていて」

「なにを学んだっていうの」

「人間てまぬけだなって」

その話を聞いた翌日、帰り際にまつりの家族が見送ってくれた。霊能者とよばれているお父さんは総白髪で、お父さんというよりおじいさんに見えた。年齢不詳の女が寄り添っている。そしてまつりと壮太郎。

奇妙に歪《ゆが》んだ家族。いつだってわたしは帰り際、早足になった。

「じゃあ、いってらっしゃいね」

そういって楠音さんはわたしたちを見送った。

「どうもありがとうございます」

出された豪華な朝食を、わたしはずいぶん残した。

「みのりさん」

さっさと逃げだそうとしたとき、いきなり声をかけられ慌てた。

「あなた、気をつけたほうがいいわよ」

わたしは、ぞっとした。

「おい、やめろよ」

壮太郎はいつになく荒い口調で咎《とが》めた。

「あら、ごめんなさいね」

まったく謝っているようには見えない。余計にわたしは混乱した。

「なにか、ありましたか」

まずいと思った。相手のテリトリーに入ってしまった。

『信用ならないやつのペースに絶対乗っちゃダメなの。取りこまれてしまう。他人の抱えているファンタジーにのみこまれるの』

かつて、まつりが話していたことを思いだす。

「まつりちゃんも心配しているわよ」

「マジでやめてくんないかな」

壮太郎が怒鳴った。

「見えたんですか、なにか」

わたしは訊《たず》ねた。取りこまれたならば、つきすすむしかない。楠音さんは口元をほころばせる。なんの意味も読み取ることができなかった。そのとき、気づいた。わたしもまた、わたしのファンタジーのなかで生きている、と。対峙《たいじ》している女は、負けるつもりがない。

「実はね、昨日、まつりちゃんが夢にでてきたのよ」

楠音さんはいった。機械的な口調。

「あの子はたくさん涙を流していた。自殺を後悔しているのね。生まれ変わることができないとか、地獄に堕《お》ちるだなんて、そんなことさせないわ。抱きしめてあげたの。そうしたらね、小さな声でいうのよ」

「行くぞ」

壮太郎がわたしの腕を引っぱった。

「みのりちゃんに伝えてって。よんじゃダメよ、って」

なにをよんではいけないのか。よぶ？　確かにあの女はそういった。

壮太郎は不機嫌に車を運転していた。続きを聞くことができないまま、わたしはあの家を去った。

「悪いことしたな」

しばらくしてから壮太郎がいった。

「別に、大丈夫」

「ひどい顔をしている」

いましていなかったらいつするんだ。わたしは窓の外を見た。

言葉は傷口をひろげ、内部にまで侵入してくる。浸透し、それまでの自分をがらりと変えてしまう。アップデートではない。悪意というウイルス。

昨晩夢で見たまつりと、楠音さんの見たまつりは別物だ。あの人の世界から見た、まつり、を語っているにすぎない。

「着いたら起こしてもらっていい？」

壮太郎の返事を待たずに、わたしは目を瞑った。

墓地は、まつりの家が所有している、山の上にあった。

「いつも思うけど、なんでこんなとこに作ったのよ……」

しかもわたしたちは裸足《はだし》だった。裸足で山頂まで登らなくてはならない、というのが決まりだ。

「最初に始めたやつが決めたんだ」

山道をくだってくる人々がわたしたちに挨拶《あいさつ》をして過ぎ去っていく。彼らもまた裸足だった。

スマホは圏外になっていた。

「お兄ちゃんはもう、取りこまれてしまってる」

まつりはあるときいった。わたしが壮太郎と関係を持ってすぐの頃だ。ちょうどよかったのだ。壮太郎もまた、妹の友達に手をだす、ということに躊躇《ためら》わなかった。

わたしはぞっとした。知っているの？　と身構えた。そんなことはない。わたしは、ファミレスで声をかけられ、壮太郎の車でしばらくドライブをした。まつりのことばかり話した。自慢の妹の活躍を、とても嬉《うれ》しそうに聞いていた。

あのとき、わたしは家に帰りたくなかった。わたしたちはシンデレラ城を小さく、そしておそろしくみすぼらしくさせたラブホテルに入った。

「人間ってまぬけだなって」

まつりにいわれるであろうことをした。わたしは身を任せることができないことを、改めて確認することとなった。密閉された、やたらとカラフルな部屋のなかで、視線を感じた。楠音さんがベッドの横にあったソファーに座り、わたしたちに「こうしなさい」とか「ああしなさい」と指導しているのではないか、と想像し身震いした。

「どういうこと？」

わたしはまつりに訊《き》いた。

「お兄ちゃんの結婚相手が決まった」

まつりはふてくされ気味にいった。ただのブラコンだ。

「それは、おめでとう」

だったらあれは、婚約前に別の女とやりたかっただけなんだな。とんだクソ野郎だな。

「あの女が決めたの」

まつりは吐き捨てた。そこも気に入らないのだろう。

「わたしね、きっとあの家と血が繋《つな》がっていないのよ」

兄貴の結婚よりもとんでもないことを、いきなりまつりはいった。

「なに？　どういうこと？」

「わたし、お母さんが浮気した相手との間にできた子供じゃないかって」

「それ、本当なの？」

「確証はないけど」

なんだ、ただの妄想か、とわたしは少し安心した。わたしが日頃感じている家族へのわだかまりなど、この壮絶な一族と比べたらたいしたことない。わたしの悩みなんてちっぽけだ、と自分にいい聞かせていた。

「真実なんだと思う」

あまりに真剣な表情をしていたから、そうだね、と同意した。それしかできなかった。

相手は出入りしている業者だと思う。これといった特徴もない、よくいるおっさんなんだけど、わたしを見る目が、なんていうか、懐かしそうっていうか、すごく優しいんだよね。

うんうん頷《うなず》きながら、壮太郎とのことがばれやしないかとわたしは怯《おび》えていた。

先祖代々のたいそう立派な墓とはべつに、まつりのお墓は墓所のはしっこ、隠れるようにあった。不釣り合いなほど豪華な花を抜いて、持参した花を壮太郎は飾った。

「こっちのほうがあいつ好みだ」

去年もおなじことをいっていた。たっぷり水をかけ、わたしたちは丁寧に墓石を磨いた。山頂は日が照っていて、暑い。ときおり冷たい風が吹いた。

わたしはここにくるたびに、虚《むな》しさに襲われる。まつりこそ、底知れない能力を持っていたのではないか。誰よりもずっと。才能があったから、運命が彼女を急がせたのではないか。生きている人間は、そんなドラマティックなことを夢想する。

わたしたちはなにかの才能を持ちたくて持ちたくてしょうがない。でも、どうしてだろう、自分の扱える力は望んでいたものではない。他人は羨《うらや》むのかもしれない。でも、自分だけが叫んでいる。

「もっと別の才能が欲しかった」と。

わたしは知らなかった。壮太郎だけではない。まつりも、結婚相手が決まっていた。まつりの通夜で、婚約者を見た。壮太郎が教えてくれた。

「あいつ、まつりが高校を卒業したら、そのまま嫁にするつもりだったんだぜ」

壮太郎はいまいましげにいった。

どう見ても、おじいさんだった。背は低く、腰は曲がっており、杖《つえ》をついて歩いていた。白髪頭だったが、禿《は》げてはいない。

「あの人いくつよ」

「八十をとうに過ぎてる。しかも結婚はまつりとしていたら五回目だ」

「冗談でしょう」

「見合いみたいなこともして、まつりは承諾していた」

「壮太郎さん」

楠音さんが呼んだ。はじめてこの人の服装と場所が合致しているのを見た。

「ミリヤさんがいらっしゃいましたよ」

壮太郎はわたしに目くばせをしてから、去っていった。ミリヤさんとは、壮太郎の婚約者だった。

わたしは彼女をそのときまで見たことがなかった。声が大きくて、なにをしゃべっているのか筒抜けだ。やたらに明るく振る舞っている。場違いで、悪目立ちしていた。

「あなた、みのりさんですか」

いつのまにか、わたしの前にまつりの婚約者が立っていた。わたしは老人に見上げられ、びくりとした。

「まつりさんとわたしのこと、知っていましたか」

老人はわたしに訊いた。

「はい」

ついさっき、といおうかと思ったが、やめた。

「わたしの家にくることが決まったときね、彼女はふたつ条件をだしたんですよ」

条件。こんな老いぼれの花嫁になるのに、なぜそんなものが必要なんだろう。

「高校を卒業するまで待ってほしい、あなたとは、いつだって会えるようにしてほしい、ってね。たった一人のお友達だからってね」

わたしは、その言葉を聞いて、崩れそうになった。

「何百人と死者を送り続けているとね、わかることがありますよ。人間というのはね、恐ろしいことに、そう簡単には死なない。死んだ人間の思い出が脳裏に住み着く。わたしはね、あなたの脳髄のなかにいるあの少女に会いたいですよ」

なにをいってるんだこのジジイは。

「あの子がしたかったことを、これからすべて、してあげてください」

浅く礼をして、老人は去っていった。

まつりがしたかったこと？

兄を救う？　兄と寝る？　明るい青春を送る？　人生を生ききる？

『わたしのこと、下に見てるんでしょ』

電話越しに、まつりがわたしにいった、最後の言葉。

あれは本当に交通事故だったんだろうか。最後の電話のことを思いだす。人間は、過剰な情報を、処理できるだけしか理解しない。いや、できない。

山を下りたとき、スマホが震えだした。電波のある場所にきたからだろう。ラインの通知が一件。熊本くんからだった。ＵＲＬが貼られていた。

https://kakuyomu.jp/works/1177354054885471493

帰りの車中、わたしはずっと、スマホで小説を読んだ。壮太郎が話しかけても、返事をせず、熱中した。壮太郎は音楽を流しだした。煩わしくて、止めてほしいと頼んだ。居心地の悪い空気を気にしている場合ではなかった。

これは、あの熊本くんが書いたものなのか。彼の内面をわたしは垣間《かいま》見ているのか。すべて読んでから、熊本くんにラインしよう。でも、うまく感想を述べることができるのか。

少し頭を冷やさなくてはいけない。早く一人になりたい。

岡山駅に着いたとき、作中にわたしが登場した。はじめて会ったときのことが描かれていた。確かに覚えがあった。この小説は、リアルなの？　ほんとうにフィクションなの？

「今日はありがとう」

車を降りて、壮太郎に声をかけた。熊本くんの小説の続きが気になってしかたがなかった。

「ああ」

お互いそれだけだった。別れ際、この人はいつだってひねた子供のようになる。わたしがドアを閉めようとしたときだった。遠くから大きな声で、

「ああ、やっぱり！」という声がした。

振り向くと、ミリヤさんが駆け寄ってきた。全身をブランドで武装している。高いヒールが、威圧的な音を立てている。

「ごめんなさいねえ、仕事で。せっかくのお墓まいりだっていうのに！」

なにが「せっかく」なのか。他人の感想など吹き飛ばす勢いがあった。

「駅に着いたときにおうちに電話したら、お義母《かあ》さまが、待っていればもう少しでここにくるっておっしゃって」

わたしはぞっとした。あの女が、わたしたちがここで別れることを知っていることに。

そして、壮太郎とミリヤさんが、とくに驚いていないことに。

「みのりさん、よね？　壮太郎のお守りしてくれてありがとうございます」

ミリヤさんはわたしに微笑む。

「いつも遊んでくださってるそうで」

わたしは硬直した。笑顔をつくろうことができない。

「……ひさしぶりにお会いしたんです」

わたしはぎこちなく答えた。こころのなかで、この返事は正解なんだろうか、と怯えながら。

「いいのよ、隠さないで。わたし忙しいから、うちの人と遊んでやってください」

この人の目は、嫌だ。わたしは見つめあった途端、不愉快になった。なにも見ちゃいない。

「前世で大変だったんですってね」

突然なにをいいだすんだこいつ。

「前世でねえ、血の濃い子供を堕胎してしまって、何重にも罪を背負ってしまったのよね、中世の頃に。お義母さまがおっしゃっていたわ。まつりちゃんのお友達だから、絶対にカルマから逃してあげなくてはいけないっておっしゃっていたわよ」

「なにをいってるのこの人！」

わたしは車にいる壮太郎に向かって怒鳴った。

「落ち着け」

「落ち着けるわけないだろ、なんなんだよこの女！」

道ゆくひとたちがわたしたちを見ている。カルマ？　馬鹿らしい。それは中世で起こったことでも前世のことでもない。わたしが中学生のときに……。

車から壮太郎がでてきた。

「もう車に乗れよ」

壮太郎がミリヤさんの肩をつかんだ。

「あら、ぜんぶ知ってるんじゃなかったの？　お義母さまが……」

いいわけを続けられても、まったく、耳に入ってこない。こういう女のいいわけは、謝罪でなく自己正当化だ。聞きたくない。

壮太郎に車に入れと引っぱられながら、ミリヤさんは、「ああ、これをね渡さなくちゃと思ってね、これ！」とわたしの手に封筒を握らせた。

去っていく車が見えなくなってから、封筒をひらくと、一万円札が十枚入っていた。

新幹線の座席に座り、スマホをひらいた。熊本くんに会いたい。カバンのなかに入っているお大金を駅のゴミ箱に投げ捨てるほど、わたしは怒り狂っていないのかもしれない。このお金を送り返さなくてはいけない。とにかく、熊本くんと話したい。なんでもないことを話したい。

ラインをひらくと、ゼミのグループメッセージが溜《た》まっていた。

『祥介《しょうすけ》、大学やめたってよ』『まじ？』『それどこ情報？』『みのりちゃんマジ？』

くだらないスタンプと、ゼミ仲間たちの答えを求めていない問い。熊本くんのラインには、『メンバーがいません』とあった。

3　熊本くんの小説

『さよなら、けだもの流星群』作　タカハシタクミ

「熊本《くまもと》、隣いいか」

担任の水沢《みずさわ》先生が僕に声をかけ、横に座った。手にはカレーライス三百五十円と、水。食堂で僕はひとり、ゴムみたいな食感の焼きそばを食べていた。通称ゴムそば。食感は嫌いではなかったし、百五十円だ。お昼ご飯代としてもらう五百円の残りを貯金して、文庫本を買うことにしていた。

水沢先生は二十五歳だ。僕のクラスが初めての主担任となるらしい。この学校を卒業し、体育大学を経て教師として戻ってきた。「誰よりもこの学校のことを知っている」といつもいっている。卒業した場所に戻ってくるくらいなんだから、きっと居心地がいいのだろう。

春から通うこととなった中高一貫教育の男子校には、大学への推薦枠がわりとあるらしい。荒れてはいないけれど、生徒たちは退屈していた。

男だけという環境になった途端にみんな、女の子の不在を気にしだす。思春期だから、というだけではない。小学生から中学生へ、立場が変わっただけで突然大人ぶり色気を欲しがりだす。みんな露骨に、性的なものに対する興味をさらけだしはじめる。女子との接点は、小学校時代の同級生と、校外活動のみ。

先生が満面の笑みで僕を見るのでたじろいだ。先生が顧問をしている水泳部に入ったのだけれど、顔を見て話すことができない。なんとなく目を逸《そ》らしてしまう。この人は、大人のくせに無邪気すぎる。

「どうだ、最近」

先生はカレーライスをスプーンでめちゃくちゃにかき混ぜながら、訊《たず》ねた。

「そういう食べ方するもんですかね」

先生のカレーライスは無残なくらいにぐしゃぐしゃで、残飯みたいだ。

「昔からこういう食い方なんだよね。味噌汁《みそしる》もご飯にかけるし」

それはねこまんまというやつではないだろうか。

「熊本は上品だな」

僕の持っている焼きそばを見て、いった。パックのなかの焼きそばは端のほうから食べているので寄せられている。

「上品、ですか？」

「カレー、飯に混ぜたりしないだろ」

「だって混ぜたらドライカレーになりませんか」

「お前、なかなかするどいな」

水沢先生の表情は、まるで僕がとても価値のあることをいったのではないか、と錯覚させる。先生は人気者だ。みんなに「みずっち」の愛称で呼ばれていて、昼休みによく、生徒と一緒に球技をしている。前も体育教員室に入ったとき、生徒の持ち物検査で没収したのであろうエロ漫画を読んでいた。僕が声をかけると慌てて本を閉じた。

「熊本はさ、骨格がしっかりしてるから、筋トレしてみるといいかもな」

水沢先生は無残なカレーを頬張りながらいった。

僕は水沢先生を見る。先生は身長が高く、身体《からだ》が大きい。大学のときの卒論で、筋肥大の大論文（先生曰《いわ》く）を書くときに、自分を実験台にしたという。

「うん、綺麗《きれい》に筋肉ついてモテるぞ。多分つきやすい身体だと思う」

そういって水沢先生が僕の二の腕をつかんだ。

「いいじゃん本読んでてマッチョな水泳部員とか、かなりイケるでしょ」

趣味は読書です、と冴《さ》えない自己紹介をしたとき、「いいねいいね、本はたくさん読んだほうがいいぞ」と大げさに先生はフォローしてくれた。それ以来、ことあるごとに「なに読んでるんだ？」と聞いてくる。僕が答えると、知っているときは頷《うなず》き、知らないものはそうかそうか、とスルーする。

「部員全員キン肉マンにして、彼女作らせるのが俺の野望なんだよね」

　確かに、水沢先生はよくわかっている。この学校の生徒がなにを求めているか。

　入学式後のオリエンテーション、教室で先生は自分のことを「グレート・ティーチャー・ミズサワ」略してGTMと呼んでくれといい、教室はヒキ笑いに包まれた。場の空気にめげもせず（そういうところが本当にすごい、と逆に尊敬する）、人懐っこい笑顔を見せてから、先生は続けた。

「やっているやつはもうしているかもしれないけど、これから君たちに一番重要なことを話そうと思う。それは、正しいあれの仕方だ。間違ったやり方でしていると、形が曲がってしまったり、最悪なケースだと、女の子といざなにかあるときに、うまくできない」

　そういって、小学校を卒業したばかりの生徒たちに、正しい自慰、の授業をし始めたのだった。

　その話は、僕たちの股《また》についているものの形状、正しい扱い方、成長させるために必要なケアなど多岐にわたった。

　それが、中学に入学して初めての「授業」だった。

　部活はほぼ毎日あった。はじめのうちはとにかく疲れた。家に帰ると僕はすぐに布団に横になり仮眠をとった。

今日のことを思いだしながら、目を閉じる。身体がゆっくりベッドに沈みこんでいく感覚。下着のなかが硬くなっていく。僕はまだ、それをうまく扱うことができなかった。それを日常的にこなすことを恐れていた。同級生たちはいつだってその話ばかりしていた。そこはまだ、手つかずにしておきたかった。なにも知らない子供のまま先延ばしにして過ごしたかった。まどろみはじめたとき、ドアが勢いよくひらいた。

「働いてもねえくせにだらけてんじゃねよ」

怒鳴りながら父が薄暗い部屋に入ってきた。僕が起き上がると、思い切り頭を叩《たた》いた。

「そんなだからクソみてえな中学にしか入れねえんだ」

小学校もだめ、中学もだめ、高校にいってもお前はだらしなく生きて、大学もどうせろくなところに入れねえだろう。お前は恥だ。いつもの暴言が僕を刺しつづけた。

僕の下着が膨らんでいるのを見て、父は「くだらねえ学校じゃくだらねえことしか教わらねえ」と舌打ちした。

小学校受験と同じく、中学受験も滑り止めの滑り止めにしか入れず、小さな頃から何度も、毎日のようにいわれてきた。このままずっと、次の受験まで罵《のの》られつづけると思ったら、気が狂いそうになる。身体を鍛えて、父親より大きくなり、黙らせてやる。家の女たちを守らなくてはならない。運動がしたいわけでなく、そのために、僕は水泳部に入った。

大きな音を立て、ドアが閉まった。一人きりになり、無力な自分に腹が立った。そして、頭のなかで父を罵り続ける。

じゃあ、てめえはなんなんだ。お前は一銭も給料をよこさないんだろう。お母さんがよくいっている。「あなたの生活費は、死んだおじいちゃんが残しておいてくれたお金でまかなっているのよ」と。

お前は同じことしかいわない。僕のことを無能だ、なにもできない不器用なやつと罵り、吹聴することしか、しない。

怒りにまかせてマットレスを叩く。

ドアがひらいた。僕はうなだれたまま、見向きもしなかった。

「日曜日、メジロのおばさんのとこに行くからな」

父の声がした。

中学生になったのだから、もう勘弁してほしい。母も祖母も、あそこへでかける朝は僕によそよそしい。父の兄弟を毛嫌いしており、彼らから変な影響を受けやしないか気がかりらしい。あそこから帰ってくると、僕はいつだってぐったりした。部活の疲労とは違うものだ。家族は、行くな、とはいってくれない。その頃は、家族もまだ父に多少気を遣っていた。あるいは男の癇癪《かんしゃく》に女たちでは立ち向かえないと恐れていたのかもしれない。

妹は、ずいぶん前に「もう行きたくない」と拒絶した。

昼から夕方まで、その家で過ごすのは、話のあわない相手しかいない場所で、粗相のないよう過ごせるか、試される時間だった。他人の家の匂い。そのよそよそしさは、いつまでたっても僕を怯《ひる》ませる。月に二回ほど、思い起こせば幼稚園の頃から父に連れてこられてきた。まったく馴《な》れない。

父の妹、メジロのおばさんは、元大学教授の年の離れた旦那《だんな》さんと暮らしている。旦那さんはすでに七十を過ぎており、足腰が弱くなっていて、寝たきりだった。

広い家の客間へ僕らは招かれる。そこにいるのは父の兄弟たちだ。メジロのおばさんは輪の中心におり、足を組んで酒の入ったグラスを手に持っている。二組の夫婦がいた。男も女も、似たような顔をしていて、血が繋《つな》がっているのが誰なのかさっぱりわからなかった。幼い僕からすると、お父さんの兄弟たち、と記号としてしか捉《とら》えていなかったということだろう。

子供たちは、大人たちへ適度に媚《こ》び、子供らしく振る舞っていた。彼らは優秀な「子役」だった。

年上のヤスユキは親たちのお気に入りだった。早稲田《わせだ》高校に通っている。ひょろりとしていて青白く、なんだかネギみたいなやつだった。彼は大人たちに媚びることが抜群にうまく、「ショウキチおじさんはサッカー部だったんだよね」だとか、息子の僕より父のことを知っていたりした。大人たちの過去の自慢話を引きだし、大人たちの会話に花を咲かせる名手だった。彼に対してそんなに悪い感情を持ってはいなかったけれど、そういう場面に出くわすたび、社交下手な自分を情けなく感じた。

父の兄弟は、メジロのおばさんの家に集まっては、自分たちがいかに成功したかを讃《たた》えあっていた。仕事をし、家庭を作り、充実した人生を送っている、と。

一番の成功者はメジロのおばさんだ。偉い先生と結婚し、目白《めじろ》の豪邸に住んでいる。週末には兄弟たちがやってくる。寿司《すし》やローストビーフを振る舞って愉快に休日を過ごす。やたらとごてごてしたネックレスや、大きな石の指輪だのイヤリングをはめており、女たちはその宝飾品を褒《ほ》め称《たた》えていた。

「こんなもの、たいした値段じゃないのよ」と、素っ気なく返す。

「あの人、わたしがつけてたネックレスを『派手ね』っていったのよ。どっちが派手なのよ」

メジロのおばさんのことが家で話題になるたび、母はかつていわれたことを、語った。よっぽど腹が立ったのだろう。

トイレ、といって僕は場から離れた。息が詰まるたびに、トイレに行こうとするので、「ショウちゃんは膀胱《ぼうこう》が弱いんじゃないか」と大人たちにいわれていた。「ヨシエさん、ちゃんとお薬飲ませているのかしら」などとメジロのおばさんがいっているのを聞いたことがある。健康になるお薬、といっておばさんは父になにやら粉末の入った包みを持たせたが、母は受けとっても、父のいないところで捨てていた。

「あいつは失敗作だ」

父の声が聞こえて、僕は立ち止まった。

「ぐずでバカで、救いようがない。あの家の連中そっくりだ。へまをして殴っても、謝りもせず俺を睨《にら》みつけてくる。性根が腐ってるんだ」

聞いていられなかった。

トイレに行くのに、メジロのおばさんの旦那さんが寝ている部屋の前を通ることになる。障子の隙間から覗《のぞ》くと、ダブルベッドの上で微動だにしない生き物がいた。

ずーっ、ずーっ。

呼吸音がする。つまり、生きている。この障子の向こうが異界に思えた。一歩踏み越えてしまったなら、もう戻れなくなる。そんな想像をさせられる。

じゃあ、あのベッドに寝ているのはなんなんだろう。

僕は、メジロのおばさんの旦那さんに挨拶《あいさつ》をしたことがなかった。大人たちがしているのを見たこともなかった。

旦那さんの顔を見てみたくなった。派手好きで、高慢、さほど器量もよくないというのに自信にあふれているおばさんと結婚した老人。

僕が襖《ふすま》に手をかけたとき、

「なにやってんのさ」と声がした。

振り向くと、ミリヤが立っていた。父の兄弟の子供たちの一人で、たしか高校一年だった。

「べつになんでもない、です」

僕は彼らに使い慣れない敬語を使っていた。

「ずいぶんとトイレが長いんで、ウンチでもしてるのかと思ったら、こそこそ覗《のぞ》き見なんて」

他人の弱みを握るのが、大好物なのだ。

「おばちゃまにいいつけてやろうかな」

そういって僕の顔を覗きこむ。脅しではない。多分いいつけることはすでに決めている。

「どうぞ」

「いやなやつ」

そういってミリヤは客間へと去っていった。

「勝手なことをするな」

トイレから戻ると父に頭を強く叩かれ、それを見てメジロのおばさんは、「そんなにきつくしなくても」と苦笑いをした。

「あのね、おじいちゃんはご病気なんだから、入っちゃだめよ」

メジロのおばさんは旦那さんのことを「おじいちゃん」と呼んだ。

楽しい催しがパアになった、とでもいいたげに、場所は気だるさを纏《まと》いだす。遠くでミリヤがほくそ笑んでいるのが、滲《にじ》んだ視界からでもわかる。これでしばらく、メジロのおばさんの家に連れてこられなくなるかもしれない、と微《かす》かな期待が芽生えたが、とくにそんなことにはならなかった。

ゴールデンウィークに、僕を岡山に連れていく、と父がいいだした。

母と祖母は反対した。父の兄弟たちが「先生」と呼んでいる男の妻が亡くなり、お別れ会が開かれるという。そんな胡散臭《うさんくさ》い場所に息子を連れていくなんて、どうかしている。ほとんどシューキョーではないか、と母は抗議した。

「あんたがなにをやっても構わないけど、祥介《しょうすけ》を巻きこむのはやめておくれ」

感情をきちんと制御して暮らしている祖母まで声を荒らげていた。

父と母はなぜ結婚したのだろうか。家族でどこかへでかけたことなど、数回しかない。覚えているのは七五三のときに、近所の神社で記念撮影をし、夜に中華料理屋に入ったこと、小学二年生の頃に、江の島に日帰りで行ったことくらいだ。家族旅行をした記憶はない。

父は意に介さず、家族の意見など聞こうともしなかった。僕は岡山まで連れていかれることとなった。

前日に祖母が、「なにかあったら電話しなさい。これを使いなさい」といって、僕にお年玉のぽち袋を渡した。なかには二万円と富士山《ふじさん》の写真のテレホンカードが入っていた。まるで出陣でもするみたいだ、と思った。ぽち袋をまるごと、財布に入れた。これが、自分が異界から戻ってくるために必要な、たったひとつのアイテムのように思えた。


新幹線で、隣の父は仏頂顔をして無言のままだった。僕は富士山を見てはしゃぐこともできなかった。父は当たり前のように窓際の席に座った。そのくせ何度も喫煙ルームへ行くため僕をまたいだ。

家から、東京から離れていく。不安と同じくらいに、どこか解放感もある。僕は昼食代を貯《た》めて買った文庫本をひらいた。没頭するより他ない。ファンタジー小説にすればよかったかなと少しだけ後悔した。水沢先生があるとき、「俺だって昔はダザイオサムとか読んじゃってたんだぜ」と自慢げにいっていたから、気になったのだ。

「なに読んでるんだ」

喫煙所から帰ってきた父が、僕に訊《き》いた。

「これ」

そういってブックカバーを外して表紙を見せると、

「はんかくせえ」といった。

「はんかくせえ、ってどういう意味？」

父の口癖だった。

「はんかくせえははんかくせえだ」

岡山に着くまで、僕たちは一切言葉を交わさなかった。

主人公のお母さんが死んで、彼女が好きな小説家の許《もと》へ向かい、

「僕の赤ちゃんが欲しいのかい」といわれたところで、まもなく岡山、とアナウンスがあった。


「先生！　先生！」

その人を見つけたときの父のはしゃぎぶりは、見たこともないものだった。

「おひさしぶりです！」

先生と呼ばれる人の前に走り寄って、輪にむりやり割りこんだ。

「ああ、フジワラくん、久し振りだねえ」

男は、父を旧姓で呼んだ。そのおだやかな返事を受けてからの父の平身低頭ぶりは、恐ろしく映った。

「息子です」

僕を紹介し、手で頭をぐいと下げさせた。

「はじめまして」

僕は顔をあげて、先生をしっかりと、見た。白髪頭をオールバックにしている、恰幅《かっぷく》のいい男だった。目があっても、その人はまったく僕のことを見ていない。僕の背後を見ているように感じた。

「長旅ごくろうさまでした。ジュースと菓子があるから、好きなだけ食べなさい」

先生は、輪のなかにいた誰かに声をかけられ、去っていった。

その屋敷は、まるで戦国武将の住処《すみか》みたいだった。大河ドラマの世界に紛れこんでしまったような錯覚を起こす。講話の時間だといって大勢の人が屋敷へ向かっていく。

「小さい子たちはお菓子のある部屋にしばらくいてね」

そういって、女の人が僕に声をかけた。見知らぬ子供たちが集まっている部屋。そんな面倒臭そうなところに行きたくもなかった。かといって大人たちと一緒に「ありがたいお話」を聞く気にもなれない。

「あなた、フジワラさんの息子さんよね」

黒い着物姿の女は、僕をまじまじと見た。こんな見方をされたことは一度もなかった。まるでなにもかも透けて見えているのではないか、と思わせる。衣服のなか、いや、肉や骨の奥まで覗きこむような目だった。僕は恐ろしくなり、身体が震えだした。

「フジワラさんたちご兄弟はね、あるとき突然やってこられたの。たしか、北海道のご出身よね。先生の書かれた本に大変な感銘を受けられたそうで。今でも思いだすわ、あの人たちの真剣な顔を」

女は唇の片端をあげた。

「彼らは自分たちだけが幸福であるためにになら、なんだってする人たちね。その野心には見込みがある。でも、外ばかりを見つめすぎている。だから、中身が渇ききっていて、火がついてしまっている。いずれ焼き尽くして、外の世界まで燃やしてしまうことになるかもしれない」

なにをいっているんだかさっぱりわからなかった。やはり、ここはシューキョーなのかもしれない。

「誕生日はいつ？」

「十一月二十五日です」

僕の答えに、面白いわと女は笑った。笑い方に品がなく、バカにしているのか下品なのかわかりかねた。

「頭でなく、身体で感じなさい。頭だけで考えていると、他人に支配されるより他なくなるの。いま、あなたは、どんな気分？」

「どうって……」

「わたしは怖い？」

「はい」

僕は、素直に答えた。それしかいえなかったからだった。

「わたしはね、神様よ」

女はそういって、口元を歪《ゆが》めた。あっけにとられている僕がおかしいらしい。ふふふ、と女は口から声をだす。その声は、メジロのおばさんの旦那さんの息くらいに、遠い場所から聞こえてきた気がする。

「二つ、あなたに贈り物をあげましょう。一つ目は、あなたに親友ができるでしょう。あなたのことが大好きで、あなたのことを一番わかってくれる存在よ。少し頭は悪いけれど、助けてくれる。身代わりにもなる。そしてもう一つ、あなたは二十歳になるまでに死ぬかもしれない」

なにをいってるんだこいつ。死ぬ？

「誕生日までに、なにか見つけるかもしれない。死ななかったら、そういうこと。そしてあなたは、求めているものを手にするでしょうね。それからが、本当の人生になるのかもしれない。生きていれば、ね」

僕はさっぱりわからなかった。頭も身体も、この女の言葉を受けつけない。

「わたしのことを、おかしな女だと思っているでしょう?」

女は歩きだした。僕はぼうっとしてしまっており、ついていくのがやっとだった。

「そう、わたしはおかしいの。でもね、あなたももう、わたしの世界にいるのよ」

ぎしぎしと、床が鳴る。

「わたしはね、面白くてたまらない。人間が、欲だの人情だの、正義だとか悪だとか、そういうことにあくせくしているのが、楽しいの。結局のところ、波動でしかないっていうのに、なんでみんな、大それたことを考えるのかしらねえ」

独り言をいいながら、女は進む。無限に続くように、長い廊下。

「あなたと同じ宿命を背負った面白い子が、一人いるのよ」

女がいきなり立ち止まる。僕は止まることができず、女にぶつかった。

「きっと素晴らしい出会いになるわ」

電気のついていない薄暗い部屋に、女の子がひとり、ソファーで寝転がっている。

「どうぞごゆっくり。わたしが戻るまで、絶対にでちゃだめよ」

そういって、女は障子を閉めた。僕はどうしたらいいのかわからず、突っ立っていた。

女の子におそるおそる近づいてみる。女の子は、眠っているようだった。長い髪、青白い肌、そして白いワンピースから突きでた細く長い手足。ワンピースの裾《すそ》がめくれてしまっており、腿《もも》がきわどいあたりまであらわになっている。

いづらい。

僕は畳に座りこんだ。テーブルにはジュースも菓子もない。ソファーの下に、文庫本が落ちていた。拾ってみると、それはさっき新幹線で読んでいたものと同じだった。出版社が違う。黒い背表紙の文庫をひらき、読みかけていた箇所を探した。このましばらく大人がやってくるまで待っていなくてはならないなら、せめてこの話を読んでしまおうと考えた。

弟の遺書の部分を読み終えたとき、

「誰、あんた？」と声がした。

驚いてソファーのほうを振り向くと、同じ体勢のまま、女の子は僕を睨《にら》んでいる。

「あの、女の人が、ここで待ってろって」

なんとか返事をすると、

「あいつ？」と女の子は厳しい目つきをした。

「黒い着物の……」

今日大人たちは全員黒い、というのに、あの女の印象を伝えるのに、そこしか残っていない。なんとか伝えなければ、と焦って口にした言葉は、「へんなおばさん」だった。

女の子は、突然笑いだした。

「あんた、なかなかセンスいいね」

そうだよね、へんだよね、マジでやばいよね。そういって女の子は起き上がった。めくれたワンピースを直そうともせず、ソファーの背もたれに身体を沈めた。

「講話してんの？」

彼女は腕を組み、足を交差させた。

「わかんないけど」

「悪さでもした？」

女の子は僕を値踏みするように、眺めた。

「悪さ？」

「わたしね、お別れ会のときに、黒い服着せられそうになって、それが嫌でね、ママはこの服が好きだったから、絶対にこれを着たいってきかなかったのよ。そうしたら、あいつに閉じこめられた」

女の子はいった。閉じこめられる、といっても、襖《ふすま》と障子で囲まれているだけなんだから、いくらでもでることはできるんじゃないだろうか、と僕は思った。

「わたしにはあけられないようになっているのよ」

僕がなにを考えているのか、見透かしたのだろうか。女の子は、そういって再びソファーに横になる。

「四十九日で、もうママとお別れになるかもしれないから、一番わたしが似合う服を着たかっただけなのに」

「それは、悪くないよ」

僕はいった。なにが悪いんだろう。もし母が死んでしまって、お別れをしなくてはならないときは、僕だって一番かっこいい格好をしたい。

「いいやつだね」

女の子はいった。

「それ、面白い？」

僕は文庫本を持ったままだった。

「さっき、ここにくるまで読んでたのと同じやつだったから、ごめん」

僕は文庫を彼女に手渡した。

「面白いかって訊いてんの」

「面白いと、思う」

「そう。お兄ちゃんが読んでたから、面白いかなって借りてみたんだけど、なんかさっぱり頭に入ってこなくてさ、寝ちゃった」

女の子は文庫本を机に放り投げた。

「ゲンジツのほうがとんでもないのに、本なんて読んでも面白いわけないじゃない」

現実、という言葉が、あまりにも意味なく響いたので、僕は少し考えこんでしまった。

「ねえ、あんたなら、そこの障子あけられるよね」

女の子はいった。

早く、と急《せ》かされ、僕は障子をあけた。日の光が部屋に差しこむ。なんの力もいらなかった。

「あんた、なんて名前？」

「祥介」

「そうだ、いいもの見せてあげるよ」

彼女は立ち上がり、さっさと部屋をでた。人に名前を訊《き》いたんだから、自分の名前も名乗るものではないのか。僕も部屋の外に、でた。

右に曲がったり、左に曲がったり、自力ではさっきの部屋に戻ることはできそうもない。僕は冷や汗を掻《か》きながら、彼女の後をついていった。

「ここよ」

彼女は障子をあけ、部屋に入っていく。

その部屋には、たくさんのコミック雑誌や脱ぎ散らかした衣服が転がっていて、足の踏み場がなかった。彼女は足でものを蹴散《けち》らしながら進んだ。僕が足を踏み入れたとき、空のペットボトルを蹴った。誰かの部屋らしい。和室独特の香りと、汗臭い臭いが混ざっており、空気は湿っていた。

彼女は壁と本棚のあいだに手を入れ、なにかを探そうとしていた。

「なにやってんの？」

「ちょっと待って」

左手を顔に近づけ、人差し指でしーっというジェスチャーをした。

「あった」

女の子は右手を本棚の隙間から引き抜く。キャンパスノートをつかんでいた。

「なにそれ」

なんの変哲もない、どこにでも売っているノートだ。女の子は「じゃーん」といって僕に見せた。僕はこの部屋で、どこにいたらいいのか定まらず、居心地の悪さばかり気になってしょうがなかった。

「いいから閉めて、こっちおいでよ」

彼女はベッドにどすんと座りこむ。障子を閉めると、部屋は薄暗くなる。足元を気にしながら、ベッドへ向かった。

「新作はあるかなあ」

そういいながら彼女はノートをめくる。

「なに？」

「お兄ちゃんの頭のなか」

薄暗闇のなか、眼を凝らすと、ページには、下手くそな女の裸の絵や、水着の女の切り抜きが貼られていた。ページに余白は一切なかった。大小さまざまな言葉が書き散らされていた。

「お兄ちゃんね、頭は悪くないと思うんだけど、こういうことが脳みそのなかでとぐろを巻いているのよ。で、排泄《はいせつ》するために、こんなもの作ってるの」

「お兄ちゃん、いくつ？」

「高校生」

丸まったティッシュを彼女は足でつまんで、ゴミ箱のほうに放った。ゴミ箱には届かなかった。

「あの女が毎晩ここで相手までしてる」

「相手？」

「このベッドで毎日」

ぞっとしているというのに、性器が膨らんでくる。ばれやしないかと僕は焦った。

「最初にそれを見たとき、お兄ちゃん、ずっと小声で、ちくしょう、とか殺してやる、とか、死ね、とかいってて、わたしはびっくりして、部屋に飛びこんで止めようかと思った。お兄ちゃんとあの女が、ずっとふとんの上でじたばたしてるんだもん」

じたばた、という言葉が、あのこと、を語るにはのんきすぎて、僕は困惑した。彼女はベッドに寝転がる。

「寝心地いいよ」

そんな汚れた汗臭いベッドが、いいわけないだろう、と思った。

「いいから」

彼女はあいている場所を手で叩《たた》き、僕を促す。狭いベッドのあいている場所に、彼女と同じように仰向《あおむ》けになった。

生暖かいベッド、ちょっとでも動いたら触れてしまうほどそばにいる女の子。なんで自分はここにいるのだろうか。さっぱりわからなかったが、身体をベッドに預けると、眠気が内側からやってくる。朝早くに出発して、新幹線に乗って、こんな遠い場所にやってきた。ずっと緊張していた。眠ってしまいそうだ。

「あんた、わりとかわいい顔してるよね」

声がした。

「うん」

「うん、てなんだよ」

静かな笑い声。

「ねえ、信じられる？　わたしたち、あと何年かしたら、お兄ちゃんがしていたみたいなことをして、お父さんみたいに働いて、自分たちみたいな子供を作って、育てなくちゃならないんだよ」

ああ、そうだ。自分は秋には十三歳になる。『コロコロコミック』は卒業した。ベイブレードも遊戯王のカードも、価値がなくなりはじめている。

「そのうちに、お金とか、誰かの機嫌とか、世の中のこととか、自分以外のものばかり気にして、わたしたちは、自分のことを忘れちゃうの」

そんなの、いまだって同じだよ。

「もうじきそれが容量オーバーになる」

言葉がうまく頭に入ってこない。

「この世で生きている人たちはね、みんな死んでいる。亡霊みたいにさまよっている。自分を忘れた瞬間に、人は、おばけになる」

声がどんどん小さくなる。眠い。もう我慢できない。

「なんの話、しているの？」

僕は、なんとか、いった。

「あんた、かわいいし、ぼーっとしてるから、からかってるのよ」

暗闇。なにも見えない。ない、ということは。なんて無限に広く感じられるのか。そう思うと。自分以外の広さに、寒気を起こす。風を耳元に感じて。くすぐったい。いや。不快だ。なにもない。誰もいない。お母さん。おばあちゃん。先生。もう誰だっていい。あの気持ち悪い女だっていい。だから。誰か。おばけになんてなりたくない。「ごめんね、でも、ちょうどよくあんたみたいなのがのこのこやってきたのがわるいんだからね」わるい。悪い。「肌きれいだね、女の子みたい」女の子じゃない。「わたしはね、男になって、お兄ちゃんをめちゃくちゃにしてやりたいんだ」「あんたたちがこれまでわたしたちにしてきたひどいことを、すべて、してやるんだ。それができないのなら、あんたをかわりにめちゃくちゃにしてやる。あんたは、わたしの、最初の犠牲者だよ。自慢してもいいからね」

　ギセイシャ。僕はなにもしていない。

「なにいってんの？　生きてるだけで、あんたはもう罪人だよ」「判決」「ショースケくんは、もうショースケくんじゃありません」「新しい名前をあげる」「わたし、『犬夜叉』が好きだから、高橋留美子《たかはしるみこ》からとって、タカハシ、なんてどう？」「下の名前は……。そうだ、タクミってのはどう？　お母さんが好きだった漫画の『いまどきのこども』のね、わたしが一番お気に入りの子の名前をあげる」

　声。

「あんたはこれから、タカハシタクミだよ」

　声。

「ショースケは、タクミのことを見守ってあげてればいいからね」

声。

「おとなしく、本でも読んでればいいよ」

声。

「あんたのこと忘れないであげるよ」

「わたしのことは忘れてもいいよ。わたしの名前はね、まつり。あとのまつり、のまつり」

声。

「もうあんたは、ぜんぶから自由だよ」

じゆう。

「あんた、才能あるよ」

腹を思い切り蹴られた。

衝撃にびっくりして眼をあける。顔を真っ赤にして震えている、怒り狂った父がいた。

そして何人もの大人、あの女もいる。

「なにやってんだお前は！」

腕を引っぱられ、むりやり立ち上がらせられたとき、自分が素っ裸だということに気づいた。

「俺の部屋でなにしてんだよ！」

背の高い男は怒りに震えており、僕の至近距離で怒鳴り散らした。

「お坊ちゃんの部屋でなにやってんだてめえは！」

父に頭を強く叩かれ、僕は床に倒された。この変質者が、なんてことを、俺に恥をかかせやがって。僕は父に蹴られ続けた。

「フジワラさん、ねえ、落ち着いてくださいよ」

さんざん蹴られ、殴られ、僕は意識を失いそうになった。あの女の声がした。

「理由なんてないわよねえ」

女は膝《ひざ》をついて、僕の顔を撫《な》でた。あまりの不快感に身体が反射的に震えた。ふふふ、と女は笑う。

「お友達ができたのね」

声が、耳からでなく、脳みそに直《じか》に伝わった。

父は土下座をして、頭を畳にこすりつけながら、申し訳ございません、お坊ちゃんにこんな不快な思いを……と謝り続けた。僕は、なんでこうなったのか、わからなかった。ただ、小便がしたかった。我慢し続けた。腹になにか滴っている。垂れたものに触れると、それは粘ついていた。次に感じたのは、尻《しり》の痛みだった。尻の間にぬめりを感じた。漏らしてしまったのではないかと気が気でなかった。尻の穴に力を入れたとき、痛みが走った。僕は、おそるおそる尻を手で触れてみた。手についていたのは、血だった。悲鳴をあげたい。そんなことをしても、いま、ここにいる誰にも届かないと思ったら、おかしくなって、笑いだしてしまいそうだった。

「なに笑ってんだよお前」

部屋の主《あるじ》であるらしき男に頭を叩かれ、僕はまた、床に崩れた。変態野郎、という声が聞こえた。

服を着せられ、首を父につかまれたまま、僕は屋敷をあとにした。振り向いたとき、門前に立っているあの女の後ろに、白いワンピースの女の子がいた。女の子は、笑顔で手を振っている。なにもかもがでたらめだ。なにひとつ、自分の意思がないまま、とんでもない事態に巻きこまれ、僕は変質者として、殴られた。理不尽すぎる。

新幹線の切符を父が買っている後ろで、僕は財布をひらいた。自分の新幹線代は払います、といいたかったのだ。多分そんなことをいっても父はまた僕を殴るだけだろうが、意地を張りたかった。しかし、祖母からもらったぽち袋は、なくなっていた。元の場所に戻るための大切なアイテムが、ない。

「行くぞ」

父が振り向いた。

「いまさら泣いてんじゃねえよ」

そういわれて、僕は自分が涙を流していることに、気づいた。

「はんかくせえ」

父は僕の頭を拳《こぶし》で叩き、お前はほんもののくずだ、といった。


家に帰ったのは真夜中だった。今日あったことを、父が家族に話したら、どうしよう。自分はこの家のなかで居場所がなくなる。

家には、誰もいなかった。台所のテーブルにメモがあり、父はそれを手にとって、放った。メモが床に落ちた。父は風呂場《ふろば》に向かっていった。僕はメモを拾った。

『おばあちゃんが階段から落ちました。病院に行きます』

僕は驚いて、風呂場に向かった。

メモを持った僕を一瞥《いちべつ》して、

「連絡くるだろ。死んだとしたら、寿命だろ」といった。

なにごともなかったように父は風呂に入ってしまった。

僕は家中をうろうろした。留守番電話が点滅しているのを見つけ、ボタンを押すと、母からのメッセージがあった。

『いま松陰《しょういん》神社の病院にいます。また連絡します』

僕は家を飛びだした。自転車に乗り、松陰神社まで急ぐ。松陰神社の病院がどこにあるのかわからなかったが、とにかく近くまで行かなくては。

汗だくになりながらコンビニエンスストアの店員に場所を聞き、病院に辿《たど》り着いた。

暗い受付のソファーで、妹ののぞみがぽつんと座っていた。

「なにやってんだよ」

のぞみは、僕に対していつも攻撃的な口調をする。

「ごめん」

「あんたのこと、ずっとおばあちゃんはいってたよ。なにか起きたかもしれない、って」

「そんな……」

岡山でのことを、祖母は察知したのだろうか、と考えたら、臓物が突然重くなり、びくびくと動きだすのを感じた。

「おばあちゃんはあんたのことばっかりかわいがって」

そうだ。僕が林間学校や修学旅行に行くことさえ、祖母は嫌がった。そばに置いておきたがった。

遠くから、母がやってきた。憔悴《しょうすい》しきっている。

「おばあちゃん、死んじゃった」

お顔、見る？　母はいった。

葬式は滞りなく終わった。父の兄弟、メジロのおばさんたちは挨拶《あいさつ》をしてさっさと去っていった。母は一人っ子だったので、残ったのは家族だけだった。帰り際にミリヤがにやにやしながら僕を覗《のぞ》きこんだ。岡山でのことを知っているんだろう。べつにどうでもよかった。たいしてたっていないというのに、岡山でのことは遠かった。

「熊本」

水沢先生が僕に声をかけた。

「大丈夫か」

水沢先生の顔を見たら、泣きだしてしまいそうだった。なにをいったらいいのかわからず、先生の顔を見たいのに下を向いた。先生は僕の頭を撫で、「また学校でな」といって去っていった。

「なあ」

家に帰り、さっさと塩を身体にかけ父はいった。

「俺に遺産いくら入るんだ」

それを聞いて母は、父を睨《にら》みつけた。

「一銭たりともあんたになんかやらないわ」

妹は両親を冷めた目で見ていた。僕は、肩に、誰かの体温を感じていた。とてもあたたかく、こんなにひどいありさまのなかで、安心することができた。

『大丈夫だよ、どうせこんなのすぐに終わる』

声がした。頭のなかで響いている。

『なんてったって、俺がいるんだからさ』

病院で祖母の遺体と二人きりになったとき、突然そいつはあらわれた。僕は驚いて、悲鳴をあげそうになった。

『しっ！』

そいつは僕の口をふさいだ。熱い手のひら。そしてそいつは、僕の背後にまわり、耳元で囁《ささや》いた。

『はじめましてじゃないよ』

僕はぞっとした。レコーダーに録音した自分の声を聴いたときのような違和感。声は、僕のものだ。僕の声を、僕が聞いている。

「誰……」

僕はいった。

『名前をくれたから、やっと俺は実体を得ることができた。タカハシタクミだよ』

僕は、気を失いたかった。眠ってしまいたかった。そして、そのままこの事態をなかったことにしたかった。

『無理だよ』

誰かにきつく抱きしめられたような、丁寧に包みこまれていく感覚があった。

『始まってしまった運動を止めることは、もうできない』

これがすべて、僕の妄想なら、なんでこんな言葉がでてくるのか。

『俺と君は、完全に別々になっちゃったんだもの』

ベッドの上にいる祖母を僕は見ていた。それしかできなかったからだ。祖母の目が、ひらいてくれたらいいのにと、願った。そして、僕を守ってくれたら、いいのに。

規則的に暮らすこと。通学途中に本を読むこと。放課後、疲れきるまで泳ぎ続けること。それが僕の毎日だった。

祖母が亡くなってから、両親は一切会話をしなくなった。父は、我が家の隅、ほとんど使われることのない客間に自分の陣地を作った。風呂は外で入っているようだった。トイレを使っている場面にでくわすと母は舌打ちをした。母は食事を作ることを面倒だ、といい、食事は惣菜《そうざい》を買ってくるだけとなった。仏壇に供えるために、米だけはいちおう炊いていた。

我が家は、祖母の死以前と以後で、がらりと変わってしまった。父が給料をよこさないことも、一家の嫌われ者であることも変わらなかったが、母の父への態度は、露骨なものとなった。だからといって父はでていこうとしなかった。

「わたしが先に死んだら、あの男に遺産を半分奪われることになるからね」

母はいった。

「絶対に長生きしてやるんだ」

母の口癖になった。

家のなかは次第に、乱雑になっていった。

僕は家にいるあいだは、部屋にこもるようになった。とにかく眠かった。部活動に打ちこんでいるせいなのか、家に帰るとすぐに寝てしまう。

『それでいいんだよ』

タカハシタクミがあらわれることは、祖母の遺体を見たとき以来、ない。

『とにかくきみは、いまは置かれている状況を見ないでいればいい』

くたくたになって眠ってしまいそうになるとき、脳の奥から声が聞こえてくる。僕にメッセージを送ってくる。

『処理速度が追いつくまで、きみはまず、やりたいことだけをすればいい。本を読む、とかプールで泳ぐ、とか、明確に自分の意志で行うことだけに集中する訓練をいま、しているんだ』

僕は布団のなかで、硬くなっている部分をパジャマ越しに触れた。水沢先生が教えてくれた方法を、まだ試していない。同級生たちは、ことあるごとに、あの話をしている。何回したとか、なにでした、とか。

『なにかを知ることに、早いも遅いもないけれど、ベストのタイミングというものがある。きみはいつも少々ずれている。それが自分以外のものへの不安となっていて、うまく振舞うことができない。それだけなんだ。もうすぐきちんと、正しい時間に、すべてが起こるようになる。俺が調整してあげるよ』

ときどき、僕はこの声を、宇宙人からのメッセージなのではないか、と怪しんだ。ネットのオカルト掲示板をよく見ている同級生が、いっていた。宇宙人はいろんなところで人間のふりをして暮らしているんだと。たまにネット上で、これから起こることを予言しているらしい。

岡山でのあの体験も、妖怪とか、霊とか、そういう類《たぐい》のものなんじゃないだろうか。あの、美人だけれど傲慢《ごうまん》そうで嘘《うそ》つきな女の子。どんな顔をしていたか忘れてしまった、喪服の女。

僕からタカハシタクミに問いかけることはない。タカハシタクミは、僕が求めている答うとする。

えを、いつだって先読みする。

僕は弄《いじ》りながら、眠気に負けることを待つ。タカハシタクミの声すらない場所に、潜ろうとする。

期末テストが終わり、試験休みとなった。久しぶりの部活は、大会が近いというのに、夏休みへの期待がみんなをだらけさせていた。

「しょうがねえなあ。一度でいいから誰か予選を突破してくれよ……」

弱小水泳部の顧問である水沢先生は、そんな生徒たちを咎《とが》めるでもなく、ため息をついた。どちらかといえば、先生のほうがそわそわしているようだった。

「いっとくけど、夏休みだからって休めると思うなよ。俺が学校にいる日は部活さすからな」

部員たちの大ブーイングを無視し、水沢先生は続ける。

「どうせお前ら遊ぶことしか考えてねえだろ、ざまあ見ろだ」

俺が学生だったときなんてもっとえげつないスケジュールだったんだからな、とぶつぶついいながら去っていった。

「絶対あれ、彼女とやれてないからキレてんだ」

そばにいた部員たちが話しているのが耳に入った。

「みずっち彼女いんの？　どこ情報だよ」

「前に彼女が作ったらしき弁当食ってた。あの人基本昼メシ食堂でカレーだろ。授業の集合場所訊《き》こうとしたら、そんときめずらしくいなくて、体育教員室に行ったらフタで隠しながら弁当食ってた。フタにスヌーピーの絵がついてた」

　他の部員たちも話の輪に混じりだす。

「それは確実に女が作ったな」

　練習どころではなくなってしまった。

「祥介知らないの？」

　同級生が僕に訊いた。

「なんで僕が知ってんだよ」

「だってさ、みずっちのお気にいりじゃん」

　そういわれて僕は驚いた。

「僕が？　どこらへんが？」

　なんだか強い口調で返事をしてしまった。

「だっていつも『熊本を見習え』っていってるし」

「それは……」

　先生は、なかなか教室や部活に馴染《なじ》むことのできなかった僕を心配して、声をかけてくれる。

「すごくいい骨格をしているらしいからかな」

同級生は、さっぱりわけがわからない、という顔した。

「祥介、謎だわー」

同級生や部員たちに、僕は「なんとなく会話のピントがあわないキャラ」扱いされていた。

私立に通っているものにとって夏休みとは、遊び相手のいない長い時間をどう有意義にやり過ごすか、だ。小学生の頃は午前中、寝転がりながら教育テレビの再放送をずっと観ていた。昼の番組が終わったらそのまま昼寝。するといつの間にか夕方になっている。

母と妹はでかけていて、家には僕一人だけだった。畳の上に転がりながら、途中まで読んだ文庫本の続きを読んでいた。

同級生に借りた『創竜伝』と『とある魔術の禁書目録《インデックス》』も読み終わってしまった。あまりに暇すぎて、頭がぼんやりしているせいで、次になにを読むかまったく思いつかない。

僕は入学時に貰《もら》ったけれど、まったく授業で使わない国語便覧をひらいた。作家の顔というのはなんでどいつもこいつも偉そうというか、さも難しいことを考えています、という顔をしているんだろうか。江戸川乱歩《えどがわらんぽ》でも読んでみようかな、太宰治《だざいおさむ》は何冊か読んだな、とめくっていたとき、目が留まった。この作家の名前に聞き覚えがあった。でも、どこで聞いたのか忘れた。僕の誕生日に自決している。次に読むのはこれにしよう、と僕はメモをとった。

グレゴリーのデイパックをあけたとき、部員からまわってきたDVDをずっと入れっぱなしにしていたことに気がついた。

こういうものは、校内でまわされている。最初に持ってきたのは誰なのか、最終的にどこに返せばいいのかわからないまま、生徒同士押しつけあっている。別に呪いのビデオでもないけれど、実用的な側面よりも、みんなと秘密を共有するためにまわしあう。

僕はそのDVDをプレイヤーにいれた。ヴォリュームを下げ、かけっぱなしにしたまま、僕はストレッチをした。

さほどかわいくもない女がインタビューを受けている。なにをしゃべっているのかは、音量を小さくしているのでわからない。

水沢先生が教えた方法を試すのは躊躇《ためら》われた。なにか畏《おそ》れのようなものを感じていた。

画面の向こうで行為が始まる。他人と接触し、合体する。人間の身体は、うまくできている。

やたらとアクロバティックな動きをし続ける男と女。そして、顔を歪《ゆが》ませのけぞらす女の身体。さほど魅力的ではない腰つきのうねり。男の身体は、女を見せるためにうまく隠されている。男の身体で映るのは一部分が多く、女とは対照的に小麦色に焼けている。

ドアの鍵をまわす音がして、僕はＤＶＤを消した。


部活が終わり、僕は同級生の滝口《たきぐち》と、コンビニ前でガリガリ君を食べていた。滝口は、夏休みの宿題をどこまでやったか、いつも聞いてくる。


「夏っぽいことまったくしてない」

滝口は腕にたれたガリガリ君の汁を舐《な》めながらいった。

「毎週プール入ってるじゃん」

「なんかさ、女子とか誘ってさ、海とか」

「ああ、そういえば、これ」

グレゴリーからＤＶＤをだして滝口に渡した。

「へー、祥介もこういうの見るんだ」

物珍しげに滝口はディスクを眺めた。

「どう、いけた？」

「まあまあかな」

押しつけるためにも多少盛っておこうと思った。

「なにがまあまあなんだ」

声がした。僕たちの背後に水沢先生がにやにやしながら立っていた。

「なにそれ」

「……深夜にやってるアニメです」

僕はできるだけ平静なふりをして、答えた。

「そうなんだ、今度俺も観てみるわ。面白かったら貸して」

アニメを観すぎるとバカになるから気をつけろよ、とどこか含みのあるいいかたをしながら、水沢先生は駅のほうへ歩いていった。

「やばかったね」

僕はいった。

「みずっち、今日はなんか違くね？」

滝口は腕を組み、水沢先生の後ろ姿を眺めた。

「確かに」

いつものジャージ姿と違って、ぱりっとした白シャツを着ていた。細身のパンツにシャツをきちんと入れて、しゅっとした身なりをしていた。

「女だな」

そういって、滝口が小走りしだす。

「電車くんの？」

「ちげえよ、祥介、いまいくら持ってる？」

「千円はある」

「尾行しようぜ。みずっちの彼女、見たいじゃん」

僕は走りだした滝口の後を追った。

水沢先生の乗った車両の隣の車両で、僕たちは先生を観察していた。この状況を、僕はうまく理解できないままだった。

「どんななんだろうな、みずっちの彼女、ブスだったらどうする？」

「どっちでもいいじゃん」

「じゃ俺ブスにジュース賭けるわ」

滝口はいった。

「ブスだったらいいのに、っていう願望が入ってない？　それ」

「どっちでも面白いじゃん、俺らが初めての目撃者になるんだぞ。やばいよそれ」

いいたい放題だ。

「降りるぞ」

電車を二度乗り換え、新宿《しんじゅく》に辿《たど》り着いた。先生は南口に向かい、僕たちは人混みをかき分けながら、追っていった。GAP前で、水沢先生は手をあげ、扉のそばにいた男とハイタッチをした。

「……なんだよ、女じゃねえのかよ」

露骨に滝口は落胆した。

「せっかく新宿きたし、アニメイト行こうかな」

滝口はいった。祥介はどうする？

「帰る」

じゃあまたな、といって滝口は雑踏のなかへまぎれていった。

学校の外で見る水沢先生がめずらしく、僕はぼんやりと先生の後ろ姿を見ていた。

二人はずっとしゃべり続けていた。そろそろ帰ろうか、と思ったところで、先生たちのほうに、女が走ってきた。再び、ハイタッチ。

僕は、その女の顔を見てやろうと、目を凝らした。三人は楽しげに立ち話を続けている。

「熊本？　なにやってんだお前」

水沢先生が僕に気づいて、呼んだ。しまった。逃げるわけにもいかず、僕は三人のほうに向かった。

「どうも」

「なにやってんだよお前」

水沢先生は困惑した表情で、僕に訊いた。なんて答えたらいいのかわからずにいると、

「え、なに、みーの教え子？」と女の人が、割って入ってきた。

「いや入ってくんなって」

そういいながら、水沢先生は嬉《うれ》しそうだった。

「どうも、水沢くんの友達の山本《やまもと》です」

そんで、こっちは、油井《ゆい》、といって、もう一人の男を、山本さんは紹介した。

「こんばんは」

僕はとりあえず、お辞儀をした。

「名前なんていうの？」

「熊本です」

「ああ！　よくみーから聞いてるよ。真面目なんだって？」

「やめい」

水沢先生は山本さんの頭をチョップする。

「まるで昔の自分だって。ぜんぜん似てないじゃん。熊本くんのほうがかっこいいよ」

「熊本、お前さっさと帰れ」

「いいじゃない。ねえ、まだ時間ある？　みーの先生っぷり教えてよ」

ひさしぶりにみんなで飲みに行こうって集まったのよ。いっしょにご飯食べようよ。山本さんは水沢先生の嫌がる様子が楽しいらしい。

「いやほんと家族がご飯作ってるから、中一だからこいつ」

「ちょっとだけ。部活終わりでしょ。食べられるよね」

しつこく誘ってくる山本さんを水沢先生は止め続けた。離れて電話をしていた油井さんが戻ってきて、

「いま四人で予約した。未成年も保護者同伴でオーケーだってさ」といった。

水沢先生を押しのけて山本さんが僕の手を引っぱった。


「本当にみーはちゃんと先生やってんの？」

真っ赤な顔をした山本さんが、少々ろれつの回らない口調で何十回目かの質問をした。

「すごくいい先生です」

僕はそういって鳥のなんこつ揚げを食べる。料理がくるたびに、食べな食べな、と山本さんは料理をよそってくれて、小皿が空になるとすぐに山盛りにした。

テーブルについて一時間、ハイペースでビールを三杯飲んだ水沢先生は、すでに酔っ払っており、頭が揺れだしていた。

「だからいってんだろーが、俺が丹誠込めてむきむきのマッチョにすんだって」

「あんた筋肉あってもモテなかったでしょ。実体験から学べよ」

山本さんは箸《はし》で水沢先生を差した。

「モテたっつーの、海でギャルに一緒に飲もうって誘われたっつーの」

山本さんの箸の先を水沢先生は弾《はじ》いた。

「ただカモにされただけだから」

隣同士でお互いを罵《ののし》りあいながら、水沢先生と山本さんはずっとしゃべっていた。

「熊本くんのこと、みーがかわいがるのわかるわ」

トイレ、といって水沢先生が席を立ったとき、山本さんはいった。

「なんでですか」

僕は飲みたくもないオレンジジュースを飲みながら訊《き》いた。

「どっちかってーと、油井に似てる」

水沢先生と油井さんは、高校の同級生で、油井さんと山本さんは大学の友達だという。昔から三人でつるんでいるのだそうだ。

僕は隣の席に座っている油井さんを見た。油井さんはあまり話の輪に加わることなく、ビールを飲み、タバコを吸っていた。

僕と目があった油井さんは、「似てないよ、安心しな」といった。この人は、あまり表情が変化しない。

「面白くない？　油井ってさ、漢字で油の井戸って書くの。水沢と油井、水と油」

「ああ、なるほど」

僕は素直に感心した。

「リアクションが、やっぱ似てるよ、油井と」

山本さんは爆笑した。

しばらくたっても水沢先生はトイレから帰ってこなかった。

「今日は早いね」

山本さんはいい、タバコちょうだい、といって油井さんの前に置いてあったタバコを取った。

「教え子の前で緊張したのかもしれないな」

油井さんが席を立った。

「ごめんね、なんか変なことになっちゃって」

そういって山本さんは煙を吐きだした。

「僕のほうこそ、すみません」

「熊本くんはまだ中学生なんだから。すみませんなんて大人みたいなことといっちゃだめ。そういうとこが、みーのツボなのよね」

山本さんはしばらく黙ってタバコを吸い続け、僕を冷めた目つきで眺めた。

「先生、大丈夫ですかね」

僕が立ち上がると、大丈夫よ、といって横を向いた。

トイレに行ってみると、個室から油井さんの背中がはみ出ていた。

「いつもこうなんだ」

僕に気づいて油井さんは、いった。個室では、便器に頬をつけ、水沢先生が眠っていた。

油井さんは水沢先生にくっつき、肩を撫《な》でていた。その姿が、なにかとてもいやらしい、生臭いものに、僕は感じた。

「店をでよう。きみ、最寄りの駅は？」

「用賀《ようが》です」

「僕は溝《みぞ》の口《くち》だから、送っていくよ」

そういって、油井さんは水沢先生を抱えた。

「まさか、わたしがこの酔っ払いの面倒を見んの？」

山本さんは顔をしかめた。足元には、路上で寝転んでいる水沢先生がいる。

「僕はこの子を送るから、そっちは頼む」

水沢、じゃあな、と油井さんはしゃがんで水沢先生の耳元で叫んだ。

「熊本は？」

水沢先生がいった。

「はい」

僕が近づくと、水沢先生はゆっくりと起き上がり、部活ちゃんとこいよー、といって僕の頭をぐしゃぐしゃと掻《か》き回した。

「ほら、嫌がってるでしょ」

山本さんが僕たちを引きはがした。

「じゃあ、行こうか」

そういって油井さんはさっさと歩きだした。

僕は山本さんに礼をして、油井さんの後をついていった。

副都心《ふくとしん》線を渋谷《しぶや》で降り、僕たちはそのまま田園都市《でんえんとし》線のホームで電車を待っていた。ここまで僕たちに会話はなかった。

急行がやってきても、油井さんは乗らなかった。

「乗らなくてよかったんですか？」

僕は油井さんに訊いた。

「用賀は急行、停《と》まらないだろ」

あたりまえのようにいわれ、僕は恐縮した。

「ありがとうございます」

さっき山本さんにいわれ、すみません、とはいわないでおこうと思った。

「あいつは別に悪いやつじゃないんだ」

油井さんはいった。

「先生のことですか?」

僕は訊いた。すると油井さんは、驚いた顔をした。この人はこんな表情をするのか、と僕のほうが、驚いた。

「水沢が? あいつが悪いわけないじゃないか」

「すみません」

思わず、口にでた。

「山本はさ、怯《おび》えてるんだよ、きみに」

油井さんの表情の変化よりも驚くべきことを、いわれた。

「あいつはさ、見てのとおり気のいい女だ。それ以上でも以下でもない。人生を肯定的に捉《とら》え、人の悪口もいわない。義理堅い、愛すべき人物だよ。わりと物事に対して鈍感で、そしてそういうやつに限って、変なところが鋭い」

なんで突然山本さんに対する人物評が始まったのか、僕にはわからなかった。

「きみ、うまく隠しているように見えて、ただ漏れだよ」

僕を一瞥《いちべつ》して、油井さんは口元を歪《ゆが》めた。

「まさか、まだ自分のことをわかっちゃいないのか」

「なにいってるのか、わかんないです」

すまん、気にしないでいいよ、と油井さんはいった。

「水沢は昔からクソ体育会系なんだけど、まあ僕とは部活も一緒で気があった。卒業してからもずっと行動を共にしていたな。水沢は体育大学のライフセービング部なんてとこにいた。でもごつい女は好みじゃないらしかった。昔から、清純派女優みたいなのが好きなんだ。で、僕は山本を紹介した。長澤《ながさわ》まさみには劣るけどなかなか健闘したな。面白いもんだよな、はたから見てると、人と人の距離がぐーっと縮まったり、開いたりしてさ。知らないうちに秘密を持たれたり」

電車がやってきた。乗客たちがどんどん降りてくる。僕たちは後ろから押されながら、電車のなかに入った。満員だった。僕はグレゴリーを前でかかえた。

「きみの予想通りだよ。いまごろ二人はどこかにしけこんでいることだろうな。いつもそうなんだ。水沢が泥酔して山本が世話を焼き、僕はさっさと帰る」

僕はしゃべっている油井さんがどんな顔をしているのか気になった。見上げることができなかった。

「どうせ勝ち試合だというのに、あいつはときたま被害者ヅラするんだよ」

僕にいっているようには、まったく思えなかった。

「きみがこれから相手をすることになる世間ていうやつはさ、自分が優位に立つためならなんだってする連中や、自分には甘いくせに、他人の負い目ばかり妙に鼻がきく連中ばかりだ。きみは、見極めなくちゃならない。自分を利用しようとする人間から、全力で逃げるんだ。立ち向かおうとしても無駄だよ。そいつらは、ゴキブリみたいな数と生命力だからね」

「油井さんは、なにやってる人なんですか？」

僕は訊《たず》ねた。

「町の本屋さんだよ」

そういって、本屋の名前をいった。三軒茶屋《さんげんぢゃや》にあるという。

「近隣住民として、いや、水沢の愛弟子《まなでし》であるきみには、サービスするよ」

「ありがとう、ございます」

「きみは僕と似ていない」

油井さんは、顔をきつくしかめた。

「きみは、水沢にそっくりだ」

吐き捨てるように、いった。用賀に電車は到着した。

家に帰ると、台所だけ明かりがついていた。部屋に行く途中で、「帰ってきたの？」と声がした。

「ごめん、友達の家で遊んでた」

「遅くなるなら連絡して」

あくびをしながら、母は部屋に戻った。とくに咎《とが》められなかったことに、安心と同時に、少し落胆した。

僕は部屋に入り、そのまま着替えずベッドに寝転んだ。変な一日だった。部屋は昼間の熱が残っていて、すぐに肌から汗が噴きでてきた。顔を手で拭《ぬぐ》った。時計を見ると、まもなく十一時になるところだった。

生暖かい部屋のなかで、天井を眺めながら、僕はズボンを脱ぎ、下着に手をかけた。水沢先生に教わった通りに。

僕は天井を見たまま、手を動かし続け、微《かす》かな刺激を与え続けた。疲れだしたとき、タカハシタクミの声がした。

『かわってあげるよ』

そして全身が痺《しび》れ、次第にまったく身体の感覚がなくなった。僕のさまを、どこかから客観的に見ているようだった。頭のなかは揺らされたようにぐらぐらし、僕は呆然《ぼうぜん》としていた。

かなりの時間がたったような気がする。僕は焦る。

『慣れるまで時間がかかるんだ。じきにこつがつかめるよ』

声がする。

自分がその門口に立ってしまったなら、そのときは。

『別の人間になってしまうと思っているんだろ?』

先読みして、声がいった。

『そんなことはない。同化するだけだ。きみはべつに閉じこめられることも疎外されることもない。俺はそんなことを望んでいない。そんなことよりも、水沢先生とあの女が、前に見たアダルトビデオみたいにしている姿をきちんと想像しなくちゃね。水沢先生があの女をやっつけている勇姿を』

水沢先生が女にのしかかり、荒く息をふきかけ、女はそれに痺《しび》れる。きつく抱きしめられ、頭を掻いたみたいに。

睾丸《こうがん》の上がる感覚、先端に軽い痛みが湧く。そして、噴水のように飛び散り、ぼと、ぼと、と身体中に、布団に、落ちた。


ドアの向こうから、さほどうまくもないカラオケが聞こえてくる。a・i・k・oのちょっと前にでた曲だ。

僕は他の部員たちと一緒に、ドアの前で競泳パンツ姿で待機中だった。自分が緊張しているのがわかる。

「やっぱさあ、『怪盗少女』じゃなくてさあ、『ヘビロテ』のほうがよかったんじゃね？」

横にいた滝口が僕にいった。

「なにを今更」

こいつはいつだって直前になって不平を漏らす。

「お前らなにも意見しなかっただろ。それに、先生は怪盗少女の振りが好きっていってたし」

そもそも、やろうと提案したとき、全員が嫌がったのだ。無理もない。文化祭のときだってみんな、いつものボックスタイプの水着ではなく、競泳用のビキニを穿《は》くことを散々ごねた。文化祭には、保護者だけでなく、「女子」がやってくるというのに、こんな格好するのは嫌だ、とブーイングの嵐となった。「伝統だから！」の顧問の一言に、しぶしぶ従った形だった。

「新入生向けの部活紹介のときのセトリそのままやったほうがみんな慣れてたし」

「知るか」

偽aikoの歌が終わり、拍手が起こった。

「エビ反りしくじんなよ」

去年の文化祭、水泳部が毎年やっている『ウォーターボーイズ』……をまんまパクったパフォーマンスで、僕は、しょぼいエビ反りジャンプをしてしまい、部員たちの語り草となっている。

「これまでで一番高く飛ぶよ」

「そもそもプールじゃないし」

「では、新郎が顧問をしている水泳部の皆さんにでてきていただきましょう。新郎も学生時代やっていたという、伝統あるものです。本日はプールではなく、この披露宴《ひろうえん》でのスペシャルパフォーマンスとなります」

司会の声。ひらくドア、そして、爆音のももクロ。


「ひさしぶり」

声をかけられた。喫煙スペースで、タキシード姿の油井さんが、タバコをふかしていた。僕たちはパフォーマンスを終えて、即現地解散となった。結婚披露宴は続いている。僕は同級生たちと吉野家に行こうと話していたところだった。

「僕らも『ジンギスカン』やったなあ」

油井さんは煙を口から吐きだしながらいった。思いだしているのだろうか。このまま礼をして帰ろう、と思った。

「きみ、ずいぶん大人になったね」

僕は今年の春に中学三年生になり、水泳部の中等部キャプテンになっていた。

「どうも」

「こんなふうに、日向《ひなた》できちんと水をやってるひまわりみたく背ってのは伸びるんだな。いくつになった？」

「百七十です」

「これからもっと伸びるんだろうな」

僕より少し背の高い油井さんが、タバコの火を消した。

「身体つきもなんていうか、水沢メソッドのおかげか」

「というか、ただのしごきです」

油井さんは低く笑った。

「僕のこと、覚えてたんですか」

油井さんと新婦の山本さんに会ったときから、二年たっていた。

「いつだって水沢はきみのことを話しているし、身体がでっかくなっても、すぐにわかったよ。ちょっと見ものだったんだ。きみの雪辱戦らしいって、聞いてたから」

油井さんは笑った。

「とりあえず、あのときよりは高く飛べたんで、満足してます」

「なるほど」

僕は礼をして、そのまま去ろうとした。

「本屋には、いつくるんだい？」

僕の背に向かって油井さんがいった。

「前に行ったとき、閉まってました」

「ああ、すまん。気分で店を閉めてるんだ」

僕は式場をでた。

あいかわらず、油井さんはなにもかも見透かしているような風情だった。


油井さんの本屋「ハマシギ」は、雑居ビルの二階にある。以前訪れたとき、休日の昼間だというのにドアには「休業」と張り紙が貼ってあった。そんなんで生計が立つのか。ビルにもとくに看板や書店があることをアピールするものはなく、最初探すのに難儀した。

商店街には人があふれ、家族連れや恋人たちが、買い食いをしたり、笑いあっている。幸福な日曜日だ。

今日はドアに張り紙がない。でも閉まったままだ。

店の隣は会計事務所で、一階は不動産屋だった。呼び鈴がある本屋。どう入ったらいいのかわからず、僕は立ち尽くしてしまった。

やっぱりやめよう、とドアに背を向けると、目の前に僕と同い年くらいに見える男が、コーラの二リットルペットボトルをがぶ飲みしながら立っていた。

「今日休み？」

げぷ、と音を立ててから、そいつは僕に訊ねた。

「どう入ったらいいかわからなくて」

僕は素直に答えた。

「別に、あいてんなら勝手に入ればいいだろ」

そういって、ドアをあけ、さっさと入っていった。僕はしばらくドアを見つめてしまった。そして、意を決してなかに入った。

そこは壁一面が書棚となっており、中央にテーブルがあった。

「やあ」

油井さんは椅子に座り、本を読んでいた。

「水沢の結婚式以来だね」

「どうも」

さっき、さっさと店に入っていったやつは、油井さんの横でコーラを飲んでいる。

「こいつなに？」

またもげっぷをして、コーラがぶ飲み男が油井さんに訊《き》いた。

「友達の教え子の熊本くん」

油井さんが僕を紹介すると、そいつはふーん、とだけいった。

「これは篠崎《しのざき》。うちの店の常連だ。年は、お前高校二年だっけ」

「高校行ってたら」

僕ははじめまして、と挨拶《あいさつ》をした。

「ども」

適当な挨拶をして、篠崎はまたコーラを飲む。

「いろいろあるから見てみてよ」

窓のない、というか窓も書棚で遮られている八畳ほどの部屋は、蛍光灯《けいこうとう》の明かりに照らされている。テーブルの上には無造作に小型の金庫と飲みかけの缶コーヒーが置かれていた。

「本屋っていうより、なんだか部屋みたいですね」

僕は書棚をざっと眺めた。ジャンルも形態もばらばらに、著者順に並べられている。小説も専門書も漫画も同列になっている。

「気になるものはあった？」

店内を一周したところで、油井さんが僕に声をかけた。

「読んでないものばかりで、なんだか、どれを読んだらいいのか」

「じゃあ、これなんてどうかな」

油井さんは立ち上がり、タ行から、文庫を一冊抜きとった。

「これは僕の私物なんだけど、貸してあげるよ」

『恋人たち』立原正秋《たちはらまさあき》、と表紙に書かれていた。

「ここにある本は、僕の私物と新刊古本がごちゃまぜになっているんだ」

「見分けつかなくなりませんか」

「きちんと管理はしているから大丈夫だよ。ここは本屋兼僕の書庫みたいなものだからね」

「休憩所もね」

篠崎が口を挟んだ。

「そういう利用者もいるな」

僕は礼を述べ、本をかばんに入れた。

「読み終わったら、返しにきます」

「ああ、水沢によろしく」

僕が退出しようとしたとき、篠崎もまた、じゃあ、俺も帰るわ、といって立ち上がった。

「これ、店に貼っといてよ」

そういってポケットから紙をだし、油井さんに渡した。

「うちの店はこういうチラシは貼らないと何度もいってるだろう」

折られた紙を広げ、油井さんはひらひらとなびかせる。

「じゃあ、貼らないでいいからチケット買ってくれ。こないでいいから」

「当日気が向いたら」

そういって油井さんはチラシをテーブルに置いた。


僕たちは夕方の商店街を一緒に歩いた。

「どこに住んでるんですか」

無言のまま歩くのが落ち着かなくて、僕は篠崎に訊《たず》ねた。

「曙橋《あけぼのばし》」

「そうなんですね」

どこらへんなのかさっぱりわからない。

「熊本はどこ住んでんの？」

「用賀です」

「いくつ？」

「十四です」

「なんだ年下か」

そもそもさっきからずっと横柄な態度だったではないか。僕は、はい、とだけ答えた。

「お前、水沢のなんなの？」

「水沢先生は、学校の先生です」

篠崎は口笛を吹いた。いけすかない。

「どんなやつ?」

「体育の先生で、水泳部の顧問です」

「画像とか持ってないの?」

「携帯持ってないです」

「はあ?　お前現代人か?」

篠崎はそういってから、今度写真見せてよ、と続けた。

「なんでですか?」

僕が訊くと、篠崎は顔をぽかんとさせた。

「だって、水沢ってあれだろ、油井の、いや待てよ、そもそもお前、あれだよな」

「あれ?」

「油井とやった?」

「はい?」

「目ぇつけられてるんじゃん?」

あれとか、やったとか、目をつけられているとか、わけがわからない。性的なニュアンスだということだけはわかる。

「ちょっと待って、さっきいったことなんだけど」

「変なことといったよな、ごめん」

「じゃなくて、水沢先生と油井さんが」

「本人に直接訊けばいいだろ」

篠崎は含み笑いをした。

「じゃあ、またな」

よかったらお前もこいよ。俺の知り合いだ、っていえばタダで入れるから。

そういって、僕にチラシを渡し、篠崎は地下鉄へ降りていった。

チラシには、裸の篠崎がでかでかと載っていた。

『篠崎竜一郎《りゅういちろう》独舞会』は、新宿の劇場で開催される。

僕は、大人びた格好のほうがいいのではないか、と白いシャツを着てでかけた。渋谷で乗り換えるときに鏡に映った自分は、学校の制服の下をジーンズにしただけ、の中学生でしかなかった。

チラシによると、篠崎は十四歳でバレエコンクールに入賞、ロシア留学が決まり、将来を嘱望されていたにもかかわらず、辞退して、現在はソロのコンテンポラリーダンサーとして活動している、らしい。

バレエ、コンクール、ロシア留学、そしてよくわからないけれど、コンテンポラリーという凄《すご》そうな響き。テレビの向こう並みに、自分と一切関係ない。

会場はすぐにわかった。地下に続く階段には列ができている。僕の後ろにも次第に人が並びだした。階段の下の受付で、篠崎の知り合いだというと、メガネをかけた小太りの女の人が、「篠崎の、どちらのお友達ですか？」と訊いた。僕はしどろもどろになりながら、三茶の本屋で、篠崎さんにチラシをもらって、と答えた。女はメガネの奥の疑わしげな目つきをとこうとしない。もうなにもかもが面倒になり、じゃあ、入場料を払います、といった。当日券四千五百円。財布のなかは五百円しかなくなってしまった。

周囲を暗幕で覆われた劇場は狭く、客席はすべて埋まった。暑苦しく、空気も淀《よど》んでいる。

舞台は十分遅れで始まった。

照明が消えたとき、僕は少し、震えた。明るくなった舞台に、篠崎が登場する。派手な下着一枚の姿だった。空気が張り詰め、篠崎がわずかに動くだけで、客の口からため息が漏れた。

終演後、拍手が起こり、篠崎は一礼をして舞台袖にはけていった。拍手は鳴り止まなかったが、しばらくして、「本公演はこれで終了いたします」というアナウンスが入った。

僕は篠崎に挨拶《あいさつ》すべきか迷った。受付の人に聞くのも気が引けた。観客は席を立とうとしない。僕は立ち上がり、会場をでて、階段をのぼっていった。

「熊本」

声がした。コンビニの横にあるスタンド灰皿のそばで、派手な浴衣《ゆかた》を羽織った篠崎がタバコをふかしていた。しかも、裸足《はだし》だ。公演を終えて、そのまま直行したらしい。

なんでその格好、そもそもお前未成年だろ、とさまざまなツッコミが脳内で起こったけれど、僕はそこには触れず、頷《うなず》いた。

「きてくれたんだ。どうだった?」

そういって篠崎は僕にタバコの煙をふきかけた。僕は手で煙を払いながら、こういうの初めて観たから面白かった、と感想を述べた。

確かにそれは不思議なものだった。テレビで観たことのあるダンスやバレエとも違う。不思議な動きと緊張感。一挙手一投足に意味があるようにも、それに意味はなく、日頃動かさないような筋肉を駆使して、誰も見たことのない身体表現をしようとしているような。意味を読み取ろうとすることを拒絶するような踊りだった。

そして、僕は篠崎のパフォーマンスに感動していた。いや、感動なんていう言葉では表せない、感情の波が起きた。もっと観てみたい、という気持ちと、これ以上観たら、なにか自分のなかにある言語化できないものが顔をだし、混乱してしまうのではないか、という恐れが沸き起こった。

「そうかそうか」

篠崎は満足気だった。とてもいい笑顔をしていて、こんなに喜んでくれるのなら、きてよかった、と思えた。

「挨拶したらすぐ戻ってくるから、飯食いに行くぞ」

そういって雑にタバコをもみ消し、篠崎は会場のほうに走っていった。


「客がいるかもしれないから、さっさとここからでようぜ」

篠崎はでかいスポーツバッグを肩にかけ、戻ってきた。

「夜だし、新宿だし」

僕はいった。早く帰りたかった。

「なんだ。二丁目でも行きたかったのか。それともエロビデオ買いたかったか？」

今度俺が連れていってやるよ、エロビ欲しけりゃ俺の持ってるやつやるからさ、といって篠崎は僕の手を握る。

「走れ！」

篠崎が走りだし、僕も篠崎の手を握ったまま、駆けた。

靖国《やすくに》通りを越える。信号が青でなくても篠崎は走る。握った手は汗ばみ、このままだと離してしまいそうになる。だから僕は強く握り、そしてきつく握り返される。

けっこうな距離、僕たちは走った。止まったとき、汗だくになっている僕たちは顔を見合わせ大笑いした。

「このへんまでくりゃいねえだろ」

「いまお金ないんだけど」

チケット代を払ったら財布が空になってしまったことを、いまさら僕は告げた。

「道子《みちこ》のやつ、マジでつかえねえな」

たぶん、受付にいた女の人のことだろう。

「俺の知り合いを詮索《せんさく》しまくるんだよ。根暗そうな小太りメガネの女」

そう、というのはさすがに憚《はばか》られる風貌《ふうぼう》の描写だ。僕は曖昧《あいまい》に頷く。

「あいつ、俺がガキの頃からの追っかけでさ。海の向こうのコンクールまで観にきた、筋金入りのストーカーなんだよね」

追っかけ、というか受付の手伝いをしてくれるほどのファンをストーカー呼ばわりするのはどうだろうか、と僕は思った。

「いいよいいよ、今日は俺がおごってやるから、ていうか、うちこいよ」

そういうと、篠崎は僕の首に腕をまわし、耳元で囁《ささや》いた。

「なんか、セックスしたくなってきた」

そして、僕の鼻をぺろりと舐《な》めた。

篠崎の部屋で、セックスをした。

舞台がはねた後の高揚感と陽気さで篠崎が誘い、一緒に狭いユニットバスに入り、シャワーを浴びた。

「今日俺すげえ掘られたい気分なんだけど」

篠崎はそういって、尻を念入りに洗った。

「ひさしぶりだから、こんなの入るかなあ」

などといいながら、硬くなった性器を弾《はじ》いたり、

「遊んでない乳首だな」といって摘《つま》んだ。そして手をとって、自分の性器を触れさせた。

タチウケどっちかと訊《き》かれ、したことがないと告げると、「どっちもできるようになったほうが二倍楽しめるから」といった。

「今度俺がケツほぐしてやるよ。それに熊本絶対素質あるよ、そういうエロい顔してるよ」

篠崎の部屋は家具が一切なかった。中央に寝乱れたままの布団と、そばにトランクが倒して置かれていた。トランクの上に、空になったコンビニ弁当の容器と箸《はし》が転がっていた。どうやら机代わりにしているらしい。フローリングの部屋には、脱ぎ捨てられたシャツや

飲みかけのペットボトル、丸められた紙くずがあちこちに散らばっていた。この部屋にはゴミ箱というものがないらしい。

布団に寝かされ、身体中を撫《な》でられたり舌を這《は》わされたり、お互いの性器を確認するうに扱っているうちに、「この体勢が入りやすいから」といって、篠崎は僕の上に乗り、器用に性器をその場所へとあてがった。そして、呻《うめ》きながら、なかに沈みこませた。

タクミの気配を感じた。その存在にいつだって怯《おび》えていた。タクミは、初めて自慰をしたとき以来、あらわれなかった。耽《ふけ》りながら、どこかでタカハシタクミが顔をだしてくるのではないか、と後ろめたさに近い恐れを感じていた。

「もう少し、スライドする感じで」

腰をつかみ懇願してくる篠崎の首元に顔を埋《うず》めながら、タカハシタクミがあらわれるのではないかと考えてしまう。いや、違う。

「そうそう、当たる当たる」

びくびくと痙攣《けいれん》する篠崎を感じながら、僕の頭の奥に、とても冷静な場所があった。もう「僕」は、自分が熊本祥介ではないことを理解した。

「俺」は、タカハシタクミなんだ。コンドームのなかで、陰茎はこれまでないほど脈打ち一回り肥大化し、俺は何度も放ち続けた。

「ざまあみろだ」

篠崎はすべてを終えたあと、仰向《あおむ》けになり、天井を見つめながら、いった。

「油井はさ、お前を食う気まんまんだったんだ。十年水沢に片想いして、自分の友達の女をあてがってやって、檻《おり》に閉じこめたとでも思ってやがる。でも結局やれなかったから、そいつのお気に入りを滅茶苦茶《めちゃくちゃ》に抱いて、まああいつはドネコだから、抱かれるほうか、積年の恨みを晴らしてやろうとしてたのさ。初掘りがあんなシケたおっさんだった日にゃ、熊本も散々だったよなあ」

なにもいえなかった。

「熊本、下の名前なんていうんだっけ？」

「タクミ」と俺は答えた。

「なあ、俺たちがやったってこと、油井にいっていい？」

「やだよ」

俺はいって、背を向けた。

「いまじゃない。タクミが高校生になったときにさ」

「なんで高校生」

「あいつは生粋のDK好きなんだ。売り専もオプションでボーイにブレザー着せてさ、そのままやるのが大好きらしい」

うちの学校の制服も、ブレザーだ。仏頂面の油井さんが、高校生に抱かれているところを想像した。さほど気分のいいものではなかった。

「どうしてそういうこと知ってんの？」

「世の中狭いからなあ」

篠崎が俺の背中にくっついてきた。

「なあ、いいだろ？」

「別に構わないよ」

俺は答えた。どうでもよかった。それを油井さんに知られたところでなにがあるわけでもなかろう。

「お前さ、ケツに指突っこまれてるあいだもずっとビンビンだったな。素質あるよ」

そういって篠崎は、俺の胸を揉《も》む。


休みの日に、借りた本を返すため、「ハマシギ」へでかけた。読み終わったあと、立原正秋にはまり、近所の図書館で何冊か借りた。油井さんと、この作家の話をしたかった。

ドアをあけると、油井さんが前と同じように椅子に座っていた。

「やあ」

「これ、ありがとうございました」

俺は文庫本を油井さんに手渡した。

「どうだった、これ」

「面白かったです」

そのあとで何冊か図書館で借りた、と俺は話した。

「気に入ってくれて嬉《うれ》しいよ」

満足げに、油井さんはいった。

「全部読もうと思います」

「きみも、小説を書いたら？」

唐突に油井さんがいった。

「小説？」

俺は訊き返した。

「小説を書きたいんじゃないかな、と思っていたよ。と、いうか、書くほかないだろうね。世のなかにはふた通りの人間がいる。書く必要のないのに書きたがるやつと、書くしかないのに書けないやつだ」

小説を書く、なんて考えたこともなかった。

「俺は、書く必要のないのに、書きたがるほうですか」

「そうじゃない。書けないやつが、無理をして書く。書き終えたとき、それは書く必要のないものだった、と悟る。だからまた書く。二つの宿命を行き来できるやつが、小説家なんだ」

　この人からなにか言葉を引きだしたかったというのに、もらった言葉に、俺は困惑した。

「もうじき修学旅行だろ」

　油井さんは話を変えた。

「はい」

「やっぱり京都奈良？」

「そうです、水沢先生もぼやいてました」

「八つ橋はいらないよ」

　それと、これを貸すよ。そういって本棚から文庫本を取りだし、俺に渡した。

『はましぎ』だった。

「『恋人たち』の続き、店名はこの小説からつけたんだ」

　店を後にするとき、油井さんはいった。

「俺、っていいかたが、あまりに自然で、別人みたいだね」

「俺が名探偵コナン並みのひらめきで推理するとだ、油井はおいしそうな男子高校生になったお前を食うつもりだ」

　コンビニに行く、と篠崎はいい、俺と一緒に部屋をでた。篠崎の話の大半は、油井さんのことだった。

お前が油井さんと寝たいのだろう、と俺はいいたかった。話がややこしくなりそうなのでやめた。

「金田一《きんだいち》少年並みの推理でいわせてもらうと、それはない」

俺はいった。

「お前は当事者だから見えていないんだ」

油井さんのことが気になってしかたない当事者はいった。

「でもなんでわざわざやったってばらしたいんだ？」

「あいつがどんな顔するか見てみたい」

お前の話をしてたんだ、油井は。水沢に似ているって。

「あいつはさ、俺が高校に行っていない、といった瞬間に興味をなくしやがった。初めて会ったとき、あいつは愛想の一つも見せなかった。まるで昔振り付けを習ったロシア人みたいだったよ。ジジイのくせにキャラ作って気を引こうって魂胆だったのかと勘ぐった。でも違っていた。だいたいピチピチの十代がバーにいたら、おごるのが筋ってもんだろう、あいつはそんなこともしやしなかった」

そもそも十代がバーにいるのがおかしい、と俺は突っこむべきなのか。

篠崎は、本当に、油井さんのことが気になって気になってしょうがないらしい。あてつけのために、俺とやっている。別に構わなかった。数を重ねるたびに、こつがつかめてくる。

篠崎は、自分の経歴のことを俺に一切話さなかった。将来を約束されていたダンサーが、突然の方向転換。熱狂的ファンの女が金をだし、月に一度イベントを開催してもらい、踊っている。それ以外は、適当にバイトをしているか、誰かとゴミだらけの部屋で寝ている。話さないことは気がかりでもなかった。あの性格ならば、いいたくなったら、聞いてくれオーラをだして質問してくるよう促すだろう。それに、聞いて欲しいのは俺にではなく油井さんになのだろう。

実家はどこなの、と訊《たず》ねると、篠崎は曙橋、とつまらなそうに答えた。

「曙橋は、ここだよね」

「歩いて三分のとこ」

「なんで、一人で暮らしてるの?」

質問をした瞬間、しまった、と思った。篠崎の顔に「それを聞くか?」という文字がべったりと張りついていた。

「俺は、期待はずれだったからな」

そういって、話はまた油井さんの悪口になった。

期待はずれ、と家族にいわれた篠崎に、自分を視《み》たのかもしれない。そのとき、胸の奥で、なにかが叩《たた》いた。いまよりもっと幼かった自分が、メッセージを送ろうとしているのだけれど、うまくいかずに癇癪《かんしゃく》を起こしてるような。

熊本祥介かもしれない。

俺はもう、熊本祥介、の皮を被《かぶ》った、別人だった。

新幹線の車両は貸切になっている。富士山が見えると車内は大騒ぎになり、水沢先生がみなを怒鳴りつけていた。

「みずっちのほうがうるせえじゃん」

隣に座っている滝口が、トッポを差しだしていった。

「奥さん妊娠中なのに、俺らの世話とかしたくないでしょ」

奥さんの出産予定日を知ったとき、あるクラスメートが着床日を逆算した。「テストのときにあいつ嫁さんに中出ししたのかよ」と騒ぎ、「いや待て、てことはみずっちデキ婚じゃね？」と噂《うわさ》しあった。

俺はトッポを五本一気に引き抜き、噛《か》んだ。

「うわ、王様食いすんな」

「全部くれるんじゃないの？」

俺は噛みながらいった。

「なに読んでんの」

　滝口が訊ねた。

「『はましぎ』ってやつ」

「それハリー・ポッターとかエヴァみたいな話？」

「似たようなもんだな」

「タイトルからしてちげえだろ」

　滝口は菓子を求めて立ち上がった。

　しばらくして、水沢先生がやってきた。

「タッキーは？」

「お菓子めぐんでもらいに行脚中です」

「移動すんなっていってんのに」

　そういって水沢先生は俺の横に座った。

「先生も昔京都だったんですよね？」

「ていうか修学旅行のしおりが昔のまんまで正直びびった。なんで知ってんだ」

　そういって水沢先生は大きなあくびをした。

「油井さんに聞きました」

「会ってんの？」

「本屋行ったり」

「へえ」

タッキーきたら説教な、といって水沢先生は目を瞑《つぶ》った。

水沢先生は寝息を立て、俺の肩に頭を乗せてしまっていた。

滝口が戻ってきて、水沢先生が座っているのを見て、小声でやべえ、とつぶやいた。

「みずっち熟睡じゃん」

小声でいった。

「疲れてるんだよ」

「昨日嫁とやったんだよ」

そういって、滝口はスマホを向けて、ハイ、チーズ、とシャッターを押した。俺は肩に水沢先生の頭を乗せたまま、Vサインをした。

滝口はまたどこかへとでかけていき、俺は水沢先生の頭に顔を寄せ、目を瞑った。

自由行動の面子《めんつ》はまったく計画性のない連中が集まっていて、俺がすべて予定を組んだ。

「とにかく買い物したい、ていうか木刀を買いたい」

滝口たちが宣言していたので、まずはなにか買い物に行こう、と新京極《しんきょうごく》へ向かうことになった。

「いっとくけど、三十分で買い物は終了」

俺は宣言した。

「これから新撰組《しんせんぐみ》関連の場所を一日がかりで巡るから」

「別にいいけど、どういうこと」

「去年『燃えよ剣』を読んで、絶対行くと決めてた」

自分の意見を通すときは、いい切ることが大事だ、と部活で学んだ。

「なにそれ」

「ほら、時間ないからさっさと好きなだけ買い物しろ」

待ち合わせ場所を決めて、全員を追い払った。お土産は八つ橋セットを三つ買えばよかった。家族用と、油井さんと篠崎の分だ。油井さんのいらないは、「欲しい」だと解釈した。

母と妹に、キーホルダーでも買おうか。近くの土産物屋に飾られている、ご当地キティちゃんを見ていたときだ。

近くにいた誰かが、根付けをひとつとった。

「わたしはリラックマ派かな。これよくない？　伏見《ふしみ》の酒とリラックマ」

俺は、耳を疑った。いや、耳が震えた。

そいつを見たとき、あまりのことに一瞬視界全体がぼやけた。見たくないから、脳がそうさせたのかもしれない。

そこに立っていたのは、岡山で会った、女の子だった。

「ひさしぶり、タクミ」

彼女はセーラー服を着ていて、あのときより背も高くなっていた。顔も、あのときのきつさはとれている。

「なんでいるんだよ」

俺は息をのんだ。

「懐かしいでしょ」

記憶の底に落として蓋《ふた》をした経験だった。思いだしたくもないはずなのに、奇妙な感慨があった。

「わたしがこしらえてあげたんでしょう。いうなれば、わたし、あんたのママよ」

「ふざけんなよ」

「ふざけてるように見える？」

確かに、この女は真剣なのだ。自覚的に、そういう世界に身を置いて、生きている。

「うちの学校、去年までは修学旅行、沖縄だったってのに。なにかあるな、って思ったけど、タクミに会えるとは思わなかった。自由行動がつまんなくて抜けたとこだったのよ」

彼女はいった。すべてが嘘《うそ》くさく芝居がかっている。

「ねえ、あんたも暇なら一緒に遊ぼうよ」

「これから待ち合わせなんで」

「いいじゃない、べつにいなくなったって、誰も心配しないわ」

そういって俺の手をつかんだ。えーっ！ という声が聞こえた。数メートル先で、滝口が驚いて口を開けている。

「ショースケ、まさか……ナンパ？」

「違う！」

俺は叫んだ。他のやつらも集まってきて、彼女と俺に距離を置きながら、こんちわ、などと挨拶《あいさつ》しだした。女慣れしていない連中が、じろじろと不躾《ぶしつけ》に眺めだす。

「彼、ちょっと借ります」

連中が、どうぞどうぞ、といいだした。

「オッケーでたし、行くわよ」

腕を引っぱられ、耳元でささやかれた。

「あのこと、ばらされてもいいの？」

俺はそのまま従い、皆にあとで合流するから予定通りに進め、写真も撮れ、と叫んだ。

滝口たちは、いってらっしゃーい、と囃《はや》したてている。俺たちが見えなくなってから、ありもしないことをいって大騒ぎするに決まっている。

「不思議なものね、それぞれが住んでいるところの真ん中で会うだなんて」

くだらないことをいわれた。

「名前、なんていうの」

「教えたじゃない、忘れたの？」

「忘れた」

「ひどいわ、ママの名前忘れちゃうだなんて。まつりさん、でしょ」

鼻歌を歌いながら、俺の前を歩いていく。東山《ひがしやま》のほうへと進んでいった。

「どこ行くんだよ」

「いいからママについてきなさいって」

そういって慣れたようにつきすすんでいく。迷いのない足取りだった。初めての場所を歩いているので俺は落ち着かない。ついていきながら地図を確認していた。

「そんなもの必要ないわよ。インスピレーションでなんとかなるものなのに。それにもし迷ったとしても、そこが本当の目的地なのかもしれないじゃない」

俺は追いかけることしかできなかった。

路地に入っていき、何度も道を曲がっていくうちに、地図では判別できなくなり諦めた。

「ここだ」

まつりが立ち止まる。そこはずいぶんと古めかしい屋敷だった。駐車場から車がでていく。看板に、「ラブホテル」とあった。

「入るわよ」

そういってまつりは躊躇《ちゅうちょ》せずなかへと入っていく。塀《へい》の表示に休憩と宿泊の料金が書かれている。俺たちは制服を着ているというのに、こんなところに入れるわけがないじゃないか。厄介《やっかい》ごとになって補導されるのはごめんだ。俺はまつりをここから引きずりだすため、意を決してなかへ向かった。

室内は、外観同様に古めかしく、薄暗い。部屋が表示されているプレートをまつりは見ていた。

「なにやってんだよ」

俺はまつりにいった。

「ここにするわ」

まつりはスイッチを押した。すると階段にライトがつき、部屋の道順を示すように点灯した。二階の扉の前が、パトカーについているサイレンのように赤く点滅している。

「行くわよ」

そういってまつりは光の先へと進んでいく。

「待てよ」

「ご利用時間は?」

俺が追いかけようとしたとき、奥にあった小窓が少しひらき、声がした。まずい。俺は慌てた。

「休憩で」

階段からまつりがいう。

「料金先払いです」

やめます、といおうとしたとき、まつりが俺のほうになにか投げた。それは俺の頭にあたり、はねて地面に落ちた。

ぽち袋だった。

「それで払って」

あけてみると、綺麗《きれい》に畳まれた二万円と富士山のテレホンカードが入っていた。

「これは」

息をのんだ。

「三千円です」

小窓から声がした。俺たちは学生服姿で、昼間からラブホテルの受付にいる。俺は一万円札で払い、窓から重ねられた千円札が返された。

ここは、なにかおかしい。

外観は一見広い屋敷に見えるが、なかは狭く圧迫感がある。薄暗いからではない。奥行きがないように感じる。狭い場所の向こうにいくつもの部屋があるらしい。窮屈に、あらゆるものが詰めこまれている。何者かの欲望を具体化した場所みたいだ。

二階にある部屋へと曲がって続いていく階段に、まつりは立っている。

部屋は狭く、ベッドとソファーが窮屈に置かれていた。まつりはソファーに座りこんだ。

「どういうことだよ」

「なにが」

「これ」

俺はぽち袋を見せた。

「昔拾った。もしものときのためにとっておいたの」

まつりは興味なさそうにいった。

「これは俺のだ」

「じゃ、返してあげたってことで」

バッグからペットボトルをだし、一口飲むと、天井を見て、ふふふ、と笑った。

「ねえ、見てみなよ、ガラス張りだよ」

天井に、俺たちが逆さになって映っている。

「こういうの、興奮すんのかしらね」

くだらねえ、といってまつりは靴下を脱いだ。

「なにやってんだよ」

「いちいち言語化してもらいたいわけ？　そうしないと理解できないの？」

まつりが制服を脱ぎだす。

「やめろよ」

「べつにわたしが素っ裸になったところで興奮なんてしないでしょ。あんたは低脂肪の競走馬みたいなのが好きなんだから」

かっとなり、俺は睨《にら》みつけた。

「なんでもわかるんだって。そのリアクションでばればれなんだけどさ。もっと狡猾《こうかつ》にならなくちゃダメよ」

この女になにをいっても無駄だ。

「いいから座んなよ」

顎《あご》で俺を促す。俺はまつりの向かいのソファーに座った。

下着姿になったまつりは、そのままベッドに置かれていた浴衣《ゆかた》のセットを手にし、羽織った。

「あんたも脱げば？　楽だよ」

そういってドアの横にあるエアコンのスイッチをいじる。

「どうする？　カラオケでもする？」

部屋が暗くなった。

「電気つけろよ」

「昼間だっていうのに真っ暗になっちゃった」

まるでミラーボールが回転しているかのように部屋中に光が舞った。

「ウケるんだけど、これ」

影が近づいてきて、俺の横に座った。

「ねえ、わたし、臭い？　女臭い？」

そういって影が俺の腿《もも》に触れた。

「やめろよ」

俺は影の手を払った。

「乱暴をするなら、あんたを動けなくさせてもいいんだけど」

脅しにしては、あっけらかんとしている。

「あんたに今日会ったとき、絶対に自分がしないことをしてやろうって決めた」

俺は天井を、見上げた。ふたつの影。ぼんやりとしていて、自分が自分だと認識できない。

「わたしたち、二十歳までしか生きることができないらしいのよ」

「本気でいってんのかお前」

「ええ。あの女がそう決めたのなら、そう。あいつは意志が強い。誰よりもね。つまり、あいつが考えたとおりの結果となる。あいつは自分が決めたことを引き寄せていくの」

「あいつって」

「忘れたの？　あの女のことを」

忘れるわけがない。あの邪悪な目。現実感のないいでたち。

肩に影が頭を乗せた。女の子の生臭い匂いが鼻をかすめた。

「あの女のおそろしいところは、その能力を意識的に使えるってこと。普通はそんなことできない。人間の頭が、ありえないってブロックするから。つまり、自分が許せる程度しか願望を達成させることができない。駅にいったらちょうど電車がやってきて乗れたとか、頼んだご飯が多めによそわれたとかってくらいのレベルでしか、外部からやってくる幸運をつかむことはできない。あいつはねじが外れている。他人にまで完璧《かんぺき》に干渉する」

影の熱が伝わってくる。影の手は俺の腿を撫《な》で続けている。

「でもなんで、俺たちが二十歳で死ななくちゃならないんだ」

「さあね。多分、楽しいからでしょう。あの女から見て、わたしたちがどうやって抜けだそうとするのか、その足掻《あが》くさまを眺めるのが」

意味がわからない。眺める？

影の手が、足の付け根にまで忍びこんできた。

「女たちが監視しているわよ」

影が耳元で囁《ささや》く。

「あんたが出会う女たち、全員が、あの女の使い魔みたいになって、あんたに困難を与える。試している。あんた、女難の相があるよ、男好きのくせに」

俺のまわりの女たちの顔が浮かぶ。

「つまり、お前も使い魔ってことかよ」

俺はいった。

「あんたの世界では、わたしもそういう役割にされているんでしょうね、ムカつくけど。悪いけどあんたのことなんて気にしてやれないのよ。わたしはわたしで、生きなくちゃならないから。わたしはね、これから先に出会う子に、伝えなくちゃならないから」

「これから出会うって、会うやつまでわかるのかよ」

影が俺の股間《こかん》をぎこちなくさすった。

「そうよ、夢で見た。だからわたしは絶対に生き残る。そして、あの女の顔を丸つぶれにしてやる。あんなジジイのおもちゃにされてたまるか」

性器が膨らみだし、俺は影の手をつかんで動きを止めさせた。

「ジジイ?」

どれだけ俺の知らない人間のことをしゃべるんだよ。

影が俺に抱きついた。

「やめろよ」

「やめないわ」

俺の唇をぺろりと舐《な》めた。

「気色悪いジジイに犯される前に、わたしはわたしの意志で、男を抱く。あんたはちょうどいい。あんたはわたしのことをなんとも思っていない。むしろ憎んでいるくらいでしょう。わたしはね……」

わたしが嫌いなやつに身を捧《ささ》げるくらいなら、わたしを嫌いなやつを抱いてやる。

そういって影はズボンのベルトを外そうとする。

「よせよ」

俺は立ち上がろうとした。影は俺にしがみついたまま起き上がる形になり、俺たちはベッドに倒れた。

「知るかよ」

そういって影は俺に乗った。震えているのがわかった。

「いい？　あんたは、わたしのお兄ちゃん。お兄ちゃんなんだよ」

頭が痛い。

影は俺の汗ばんでいる下着のなかに手を入れた。

「もしかして、あんただって、この呪いから抜けだせるかもしれないんだから……」

電話が鳴っている。

寝てしまっていたらしい。真っ暗闇だ。俺は起き上がり、音の鳴っているほうへのろのろと向かった。電話をとると、延長されていますがいかがしますか？　と声が聞こえた。

「すぐにでます」

そう答えると電話は切れた。そのままそばにあった電気のスイッチを押した。

部屋には俺しかいなかった。

エアコンが効きすぎていて、身体が冷えきっている。俺はまつりを捜した。風呂にもトイレにもいなかった。荷物もない。俺は舌打ちをした。急いで服を身につけて、部屋をでた。階段を下りると小窓がひらき、延長料金の明細をだされた。

外にでると夕方になっていた。遠くから夜が忍び寄ってくる。

何もかも現実味がない。体温と肌にふきかけられた息、そして、いやだ、いやだ、お兄ちゃん、お兄ちゃん、と叫びながらきつくしがみついてきたその力強さの感触は残っていた。まつりに射精したことも覚えていた。

宿泊しているホテルの前に水沢先生が立っていた。俺を見つけると、先生は駆け寄ってきた。

「あと十分遅かったら、ご両親と警察に電話するところだった」

そういって、先生は俺の頬を叩《たた》いた。

「最悪だよ、教え子叩くとか、ぜってえしたくないことナンバーワンだ」

俺はなにもいえず、黙ったままだった。

そのまま教師の泊まっている部屋に連れていかれ、教師たちに囲まれ、尋問された。なにも答えることができなかった。

「反省しているし、無事だったわけですから」

といって水沢先生が締めた。俺の頭をつかみ、軽く下げさせた。

部屋に戻ると今度は滝口たちによる質問責めが待ち構えていた。

「なんもしてねえから」

「なんもねえわけないだろ、いきなり新京極でふらっと消えちゃって」

「新撰組巡りの写真は？」

俺は滝口のスマートフォンを奪って訊《き》いた。

「熊本いないから場所わかんないし、ひとまずゲーセン行ってドトールで休憩してたら夕方になっちゃって行けなかった」

「スマホでいくらでも検索できるだろうが……」

あの美少女はいったい何者なんだ？　知り合いなのか？　紹介しろ。勝手に盛りあがる滝口たちを無視して、俺は部屋をでた。

「筒抜けだから」

水沢先生が廊下で頭を掻《か》いていた。

「あんまり騒ぐなよ。来年使わせてもらえなくなる」

「すみません」

俺は頭を下げた。

「いいんじゃないか。アグレッシブな女の子、向いてるよ。お前落ち着いてるから」

水沢先生は俺の前を横切っていった。

「あの、先生」

俺は先生についていった。

「なんだよ」

「もしですよ、もし先生が二十歳で死ぬって誰かにいわれたら、どうしますか?」

「なんだよそれ、アニメかなんか?」

水沢先生は興味がなさそうに答えた。

「そうじゃなくて」

「ていうか二十歳までなら俺もうすでに死んでるし」

俺たちはホテルをでて、入り口のわきにあるスタンド型の灰皿の前に落ち着いた。

「じゃあ、あと五年くらいで死ぬっていわれたら、どうします？」

「うまくいけばオリンピック二回狙えるな。ワールドカップも……」

そういって先生はジャージのポケットからマルボロをだし、火をつけた。

「そういう呪い？　みたいなものをかけられているとして」

呪いにかかっていると思いこんでいる女と、リアリティがないまま生きている自分みたいに。

「やっぱアニメか」

「そうじゃないんですけど……じゃあ、それでいいです」

水沢先生はくわえタバコをしたまま、目を瞑《つぶ》った。

「子供も生まれてくるし、それであと五年とかっていわれたら……絶望してる暇ないな。金稼がないとなあ」

確かにそうだ。この人は大人だ。だから、自分のことばかり考えたりしない。

「なんで泣きそうな顔してるんだ？」

どんな顔をしているか、いわれて自覚した。

「やりたいことをやればいいいんじゃないの？　人様に迷惑かけないならさ」

「先生」

俺はいった。

「なんだよ、今度はマジな顔になってんだけど」

「尊敬してます」

先生はタバコの火を消した。

「面白いな、お前」

表情の変化が、といって俺の頭を軽く叩いた。

遠すぎて、もう記憶がぼやけてしまっている。全体を見ることはもうできず、ただ点だけが星のように、頭の中の暗闇で煌《きら》めいている。星座を作るように、線でつなげることもできない。


中学三年生の夏休み、先生に挨拶《あいさつ》もせず、俺は逃げるように学校から去った。

父が我が家の財産である家を担保にして、勝手に金を借りていたことが発覚した。母は半狂乱になった。

「なんであんたたちのためにこの家を持っていかれなくちゃいけないのよ！」

メジロのおばさんが借金を抱えていた、ということだった。それも相当の額をだ。あてにしていた旦那《だんな》さんの遺産が、予想よりも少なかったのだろう。投資も失敗していたという。両親の怒鳴りあいを見ながら、父はあの「岡山の先生」に、相当の額を「寄付」していたのではないかと、勘ぐった。

寝たきりだったメジロのおばさんの旦那さんが亡くなったとき、家族は通夜と葬式にでたがらず、俺は父と一緒に無理やり参列させられた。

ひさしぶりに会った父の兄弟はあいかわらずで、自分たちの作った輪のなかで互いを賞賛しあっていた。ミリヤには「あんたの行く高校、偏差値いくつ？」と鼻で笑われた。ヤスユキは親しげに話しかけてくれたのに、内容を一切覚えていない。どうでもいい話をしたんだろう。

帰り道、タクシーの車内で父はいった。

「お前みたいな人間は、なにか資格をとっておいたほうがいいぞ。ヤスユキみたいにやりたいことがあって建築の勉強をしているようなやつと違って、お前にはなにもないだろう」

俺は返事をしなかった。なにをいっても無駄だ、と悟った。じゃああんたはやりたい仕事とやらをしているのか？　あんたの夢ってのはなんだ。兄弟で北海道からやってきて、他人の金を奪うことか？

いってやればよかった。

熊本家の金を奪い、彼らは消えたのだから。

母は疲弊し、妹は塞《ふさ》ぎがちになり、中学三年の夏休みは、暑さが重しのようにのしかかってくるばかりだった。

「きみのいとこたち、親が消えちゃってどうなってると思う？」

近所を歩いているとき、週刊誌の記者だと名乗る男が声をかけてきた。

「クソ親どもは子供たちを捨てて、どっかに雲隠れしちゃったんだよ、ひどいよねえ」

ヤスユキとミリヤは彼らの親が崇《あが》めていた岡山の先生のもとで暮らしているという。

「なんでだろうねえ、ただの信者の子供を引きとるなんてさあ、やっぱりなにか関係があるんじゃないかなあ。きみはどう思う？」

にやにやしながら記者の男は俺に訊いた。信者、という言葉がひっかかった。

「知りません」

「きみも行ったことがあるんだよね、岡山まで」

「行ってません」

子供たちのことを同情するほどの余裕はそのときはなかった。祖母や母が彼らの世界に馴染《なじ》まなかったことで、まだ自分と妹はここにいられた。

でも、母の努力もむなしく、家を手放すことになる。

「この家を捨てることになるなんて」

母は疲れきった顔でいった。祖父母が遺《のこ》してくれた土地と、家を捨てる。それは母にとって、一番したくなかったことだったろう。俺は従い、妹は不機嫌なままだった。

荷造りをし、ほとんどのものを置いていく形で、祖母の兄弟が住む滋賀へ身を寄せることになった。学校に挨拶をすることもできなかった。

荷物を送り、俺たち三人は家を見上げた。

「行きましょう」

母はいい、足早に駅へと向かった。名残惜しんだら、進めないと思ったんだろう。妹はしばらく立ち止まったままだった。呼ぶと、俺を睨《にら》みつけた。

京都で新幹線を降りたとき、修学旅行で再会した、まつりという女の子のことを思いだした。

滋賀に住みだしてから、一番変わったのは妹だった。夜逃げ同然で東京を去った俺たちは、三人で暮らすには手狭なアパートに落ち着くこととなった。

「どうせあんたたち、家をでていくんだから、最後にわたし一人になるわけだし、このくらいでちょうどいい」

一番不本意に思っているであろう、母はいった。

「なんでこんな、自分の部屋がないとこに住まなくちゃならないの？」

妹は不満をまき散らした。新しい環境にまったく馴染めず、転校先にも、一度行ったきり通うことはなかった。

引きこもり、なんてものが自分の周囲に、しかも自分の家族に発生するなんて思わなかった。そういうものは、テレビのニュースやフィクションのなかだけと勘違いしていた。

父親が失踪したことのほうがまだ理解できた。

妹は夕方過ぎに起きてくる。そしてテレビのある茶の間にパジャマのまま座りこみ、夜通しテレビを観続けた。

俺がいないあいだ、二人はよくしゃべっているらしい。テレビを観続けているから、芸能人の話題や世間のニュースに詳しく、興味のない母に聞かせているらしい。そんなときだけ機嫌がいいらしい。

父が消えて、その役割を妹が担いだした気がする。

妹の気性は父に似ている、とかつて祖母が零《こぼ》していた。いうことを聞かないから、そんなことをいうのだろうと思っていた。父に似ているという言葉は、我が家では一番の嘲《あざけ》りだった。

妹は俺が帰ってくると、臭いと鼻をつまんだり、あんたはなにも知らないねえ、だとかいっては自分が優位に立とうと懸命になっていた。もともと口が悪く、ひとつ年上の兄である俺を小馬鹿にしていたけれど、悪化していた。

起きてきて、「めし」といってテレビをつける妹。母が料理を作ってやると、こんなものは食えねえといって箸《はし》を投げる始末だ。じゃあなにが食べたいのかと訊《き》けば、うまいもの、という。

俺は金を貯《た》めるために、アルバイトを始めた。高校に通い、週に四日、近所のショッピングセンターの本屋でレジ打ちをした。それ以外は、外で明かりのある場所を見つけて本を読み、水沢メソッドのトレーニングを続けた。

「熊本くん、高校生なのによく働くわねえ」

バイト先の同僚である富野《とみの》さんが俺に訊《たず》ねたことがある。

「なにか欲しいものでもあんの？　バイクとか」

富野さんは四十代の主婦で、俺と同い年の息子にバイクをねだられているという。

「パソコンと携帯持ってないんで、それですかね」

自分が持っていないものをいった。

「珍しいわねえ」

富野さんは息子に小学生の頃から携帯を持たせているらしい。

夕方の買い物のピークが終わると、書店の客はぐっと少なくなる。ただただ時間を潰すために、俺たちは本のカバーをサイズごとに折っていた。富野さんは、子供が高校生になったので、なんとなく一安心し、パートを始めたという。

「そうしたら、息子がたかるたかる。わたしいってやったのよ、本屋であんたと同い年の子が働いてるんだから、あんたも欲しいんならアルバイトでもしなさいって。そうしたら」

「なんですか」

「いましかできないことってあるだろとかなんとか。勉強もしないくせに」

いましかできないこと。年齢制限があること。それをしたいというのなら、富野さんの息子は正しい。

スーパーの袋を提げた客がやってきて、俺を見ると手をあげた。母だった。

「どうしたの？」

俺は母のもとに向かっていった。

「あの子がうるさいから、買いにきたのよ。祥介が働いているかなって思って覗《のぞ》いてみたの」

母はくたびれていた。

「そうなんだ」

「なにかわたしも読もうかしら。十津川《とつがわ》警部とか浅見《あさみ》光彦《みつひこ》ので、新しいのない？」

俺は作家名順になっている文庫棚に母を案内した。

「たくさんあるわね」

「読んでないやつ、ある？」

「なにを読んで、なにを読んでいないのか、忘れちゃった」

若い頃よく本を読んでいた、と母はいっていた。俺が本を欲しがると、活字ならば買ってよい、といってくれた。妹とずっと一緒にいて、読む暇なんてあるのだろうか。

「熊本くん」

富野さんが俺に近寄ってきた。

「今日、お客さんたいしてこないだろうし、先にあがっていいわよ。後始末はわたしがしておくから。打刻もちゃんとしておいてあげるし」

そんなことはしないでもいい、という俺に、いいから、と富野さんはいった。

「いつも真面目に頑張ってますよ」

富野さんが母にいった。

夜道を俺たちは並んで歩いた。母の背を越したとき、なんとも思わなかったというのに、二人でよるべなく歩いているいま、突然思った。時間が過ぎていくことと成長することは、背中が寂しい。先を歩いていた人を追い越してしまうこと、いずれ成長は止まり、老いていくこと。

「高校卒業したらどうするの？」

母が訊ねた。

「大学行きたい」

俺はいった。

「あんたが自分から行きたいっていうの初めてだね」

「奨学金とか受験料とか、いろいろ調べたんだけど」

具体的な金額と大学の名前を俺はいった。

「べつにあんたを大学に行かせるお金くらいあるんだけど」

母は笑った。

「なんとかならなそうになったら、泣きつく」

「文学部なんて行ってどうすんの。研究したかったの？」

「小説を書くよ」

はっきりといえたことに、自分自身驚いていた。油井さんにいわれたからでなく、書きたい。書きたいことがあるわけでもない。才能のあるなしも、そんなもの関係ない。でもただ、書きたい。

「書きあがったらわたしに見せてよ。わたし、小説好きなんだから」

「親に読ませられないようなものを書くよ」

「いいわね」

あんたが小説家になったら嬉《うれ》しい。アクタガワショーとったらなにかご馳走《ちそう》して。

「食べる？」

そういって母はスーパーの袋から白い紙袋をだして、俺に渡した。なかには生温かい今川焼きがふたつ入っていた。

「どうしたのこれ」

「どうしたのって、買ったのよ。なんだか食べたくなって。でもあの子甘いものは食べないでしょう、ダイエットとかいって」

だされたものにただ難癖をつけたいだけなのではないか、と思う。

「買い食いなんて、いつぶりだろう」

母はいった。

湖のほうから、風が吹いてくる。もうすぐ、夏が終わる。

「あれじゃないかな、中学受験のとき、試験が終わって学校の門で母さんが待っていて、ハンバーガー買っておいてくれたことあったよ」

「あったっけそんなの」

「受験しに行く途中に雪で転んで、泣きながら試験会場に行ったじゃない。終わってから帰り道、一緒にハンバーガー食べながら歩いたとき以来だ」

俺たちは散々だった試験の帰り道、ぬかるみを気にせず、ハンバーガーを食べながら駅まで歩いた。帰り道は、転ばなかった。

「忘れたよ、そんなの」

母はそういってしばらく黙った。べつの話をしようとしたとき、母はつぶやく。

「でも、覚えててくれたなら、そのとき買った甲斐《かい》があったね」

バイト代をはたいてアイフォンを契約した。アルバイトをしながら、レジでカタログ雑誌を読み予習しておいた。電話を手に入れたところで、べつに誰かからかかってくることもない。だからまだ必要はないかもしれない。

ドトールで本を読みながら充電していたら、いきなり鳴りだした。知らない番号が表示されている。はじめての着信が間違い電話というのも冴《さ》えない。俺は電話にでた。

「おひさしぶり」

女の声がした。

「どなたですか。間違いだと思いますけど」

「間違えやしないわ、熊本さん」

ぞっとした。そして、瞬時に理解した。

「このタイミングで電話を買うなんて、世の中はよくできているわね」

「なんで番号を」

「あなたのことを考えて適当に番号をうっただけよ」

そんなことができる人間は、二人しかいない。どちらもたちが悪いが、こいつは、まつりよりも一筋縄ではいかない……。

隣に座っている中年の男が咳払《せきばら》いをした。

「昨日ね、まつりさんがお亡くなりになりました」

理解できなかった。

「なんで」

俺は小声でいった。

「自殺よ。車に轢《ひ》かれたってことになっているけど、あれは、自分で選んだのよ。はむかいかたが幼稚ね。せっかく幸福でいられるためのお膳立てをしてやったっていうのにね」

その聞こえてくる言葉ひとつひとつに、内面が反発していた。言葉にならなかった。

「明日お通夜があるからいらっしゃい。お金ならあるでしょう。おばあさまがあなたに渡したお守りのなかに」

ぽち袋のことか。この女はなにもかもよくわかっている。

「懐かしい人にも会えるわよ」


岡山の屋敷を再び訪れることになるとは思わなかった。

屋敷の手前でタクシーを降りた。門の前に、俺と同い年くらいのセーラー服姿の女の子が虚《うつ》ろな表情で佇《たたず》んでいた。

ボタンダウンシャツにデニムといういでたちの、似つかわしくない格好の自分は、帰っていく参列者の波に逆らい邸内に入った。

さっきの子はまつりの友達なんだろうか。あいつに友達がいるなんて、という不遜《ふそん》な思いが浮かんだ。きっと、制服の女の子にとってのまつりと、俺の知っているまつりは違うんだろう。

「いらっしゃい」

そう声をかけられ振り返ると、あの女が立っていた。

「ずいぶん逞《たくま》しくなったわねえ。あのときはまだひょろっとしてたのに」

なにも変わっていない女がいった。

「本日は……」

こういうときなんていうのかわからず、口ごもった。

「そういうのはいいわ」

お焼香してあげて、といって女は歩いていく。俺はついていった。

飾られている花は豪華で、王女さまが死んでしまったかのようだった。平服のまま、俺は棺《ひつぎ》のほうへ向かった。

まったく現実味がない。あの女を責めるとか、自分もそうなるのかと問うこともできない。すべて謎を纏《まと》っている。

多感な女の子が、思いこみで自殺を図った。

ほんとうに？

まだ、二十歳になっていないのに。

この家で始まった、俺たちのつながり。

タカハシタクミ。

俺はもう、タカハシタクミという存在と同化している。

死んでしまった女の子がつけた名前。

「お茶でもいかが」

女にいわれ、俺はそのままついていく。

「質問はないの？」

「なんで俺たちは二十歳で死ぬんですか」

「自分の命日を知りたいの？」

「まつりが」

あのときと同じく、迷路じみた廊下を俺たちは歩いていた。

「成人になったら、わたしがあの子をオルグするとでも思ってたんじゃないの？」

無駄よ。だって、すでにあの子はわたしのものだったんだもの。そういって俺のほうを向いた。

障子をあけて、女は俺を部屋に通した。隅に積まれていた座布団を取り、畳に置いた。

「どうぞ」

俺は座布団に座った。女はちゃぶ台の向かいに座る。

「いい、しばらくあなたは一言もしゃべっちゃだめよ。なにをしてもだめ。もしなにかしようものなら、あなたをむりやり押さえつける。まつりがあなたを浅はかに誘惑しようとしたときみたいにね」

「なにをいって」

「しゃべるな」

お茶をお持ちしました、と声がした。声に聞き覚えがあった。そして盆を持ってきた壮年の男に、俺は驚愕《きょうがく》した。

父だった。

父は女と俺の前にお茶を置き、お辞儀をして去っていった。粗相をしないよう緊張している。一度俺と目をあわせたが、まったく興味がないらしい。俺のことを、赤の他人のように見ていた。

「よく黙っていられたわね」

女はいった。

「どういうことだよ、これ」

俺はいった。困惑して、怒りよりも恐怖が先に立つ。

「あの人は、もう自分の名前もこれまでの人生も忘れているわ、完璧《かんぺき》に」

女はお茶をすすった。

「ぬるい」

顔をしかめ、茶碗《ちゃわん》を乱暴に置いた。

「親父になにをしたんだよ」

「前はお父さんとかいってなかったっけ?」

女は笑った。

俺は立ち上がった。

「追っかけても無駄よ」

女が制した。

「あの人はもう違う名前、別の人生を生きている。あの一族はいま、この家の使用人として働いているけど、もう別人。これまでのうまくいかなかった人生をリセットした。あの人たちが心底望んでいたから。人手が足りなかったし、お願いを聞いてあげた」

そんなことが、できるわけがない。

「できるわ。本人に別の記憶を植えつけることなんて簡単よ。そんなもの魔法でもなんでもない。本人が受け入れさえすれば、他人すらも騙《だま》せる。もうあの人たちのことを前の名前で呼ぶ人はいない。たとえ、実の娘でもね」

「娘って誰だ」

まさか、と思った。

「あなたのいとこ。壮太郎《そうたろう》さんと婚約しているの。あの子は見込みがある。いつも顔をあわせているけど、親のことをただのお手伝いとでも思っているわよ」

いい、世界っていうのはそういうものなのよ。お父さんのためを思うのなら、そっとしておいてあげなさい。あの男のセイシでできたのが、あなたなんだから。細胞レベルで同情して共感して、いたわってあげないとね。

女は立ち上がった。

「わたしはあなたたちが二十歳で絶対に死ぬなんて、いったかしら。あなたたちが思っているなら、そうなんでしょう」

女は嬉しそうにいった。

「あなたのことだって、誰かがそう設定した瞬間、忘れ去られる。あと何年か足搔いてみるのも面白いかもしれないわよ。自分だったらしないだろうことをしてみるっていう、あの子のアプローチは悪くなかったわね。あなた若いし、いくらでも溺《おぼ》れることができるわ。ねえ、見せてよ。あなたがどうやって、抜けだすか。すべては偶然ではないっていうのはね、あなたが決めてかかっているから、そうだってだけの話なのよ」

女は部屋をでていった。

しばらくして、玄関までご案内します、という声がした。どれくらいの時間がたったんだろう。

「お見送りをするようにいわれましたので」

顔を覗《のぞ》かせたのは父だった。

俺と父は、廊下を歩く。なにかを口にしなくては。そう思うのになにもいえない。

「お名前はなんておっしゃるんですか」

俺はいった。父は振り向き、不思議そうな、そしてなにか、自分に名前を訊《き》く若造のことを品定めするような目をした。

「畠山《はたけやま》です」

なにかございましたか。不安げな顔で俺を窺《うかが》う。まるで、あの女に不手際をいいつけるのではないのかと怯《おび》えているみたいだった。なんて小さくなってしまったんだろう。俺は見下ろしながら、この、もう父でない男を見た。

「ご丁寧に、ありがとうございます」

俺はいった。

「めっそうもございません」

父は、これまで聞いたことのない、へりくだった言葉を口にした。

この体験を誰に伝えたらいいのかわからなかった。なにもかもがでたらめだ。こんなこと、作り話にしか思われない。自分の経験が、自分ですらまったく信じられない。

あの女の力と、父の意志が、こんな世界を作っているのか。

屋敷をでてしばらくして振り返ると、父はまだ深く頭を下げていた。


再びの東京。大学のそばに部屋を借り、一人暮らしが始まった。

まず向かったのは「ハマシギ」だった。

気持ちが急《せ》いてビルの階段を駆けあがった。いつも不在時に紙が貼られているドアには、テナント募集の張り紙があった。

しばらく立ち尽くしていると、隣の会計事務所のドアがひらいた。おばさんがでてきて、俺をじろじろと見た。

「ここは閉店してしまったんですか？」

「あら、知らないの？　ここで三年前に事件があったのよ、殺人事件」

おばさんは、当時のことを、かなり主観を混じらせながら語った。

あのときは大変だったのよ。叫び声が聞こえてねえ。そもそもこの部屋って胡散臭《うさんくさ》い店だったじゃない。本屋っていっていたけど、雑誌置いてないし。店主はわりといい男だったけどね。うちの所長が揉《も》め事《ごと》があったのかもしれないって、しかたなく店を覗いたの。わたしもあとをついていったんだけど。もうねえ、あんなもの見ちゃうなんて、三日くらいご飯食べられなかったわよ。一ヶ月はお肉、食べられなかった。ずんぐりむっくりした女が血だらけの包丁を持って泣いててねえ、うわごとみたいなことをいっていたわ。「生き返ってえ」とかなんとか。自分で刺しといてなにいってんのよって話じゃない。やっぱりあれかしら、ああいうことをしちゃう人間てあれなのかしら。それでねえ、テーブルあったじゃない。テーブルに、素っ裸の若い男の子が仰向《あおむ》けで血まみれになっていて。下は、本屋さんが倒れていて、……裸だったのよ。店で男二人で、ねえ、真っ昼間だったのよ。明るいうちからなにやってんのよ、人が隣の部屋であくせく働いているっていうのにさあ。ああいう人たちって、ところかまわずなのねえ。

偏見だの覗き見趣味だのに満ち満ちた、市井のおばさんによる衝撃体験告白に、俺は相《あい》槌《づち》を打ち続けた。あらゆる言葉を飲み込んで、最善のフレーズを探したとき、喉《のど》からでかかったのは、「これまであの人たちはあんたに迷惑をかけたことでもあったか？」だった。もちろんいわなかった。

おばさんに礼をいって、俺は立ち去った。階段を下りる途中で振り向くと、おばさんは俺を見つめていた。

篠崎は、念願叶《かな》ってやっと油井さんを手に入れることに成功した。寝ることがそういう意味を持っているかどうかは知らない。ただ、篠崎にとって、それはやっと到来したギフトだったことだろう。包装紙をあけ、欲しがっていたものを得たと思った瞬間に、かつて篠崎のマネージャーを自認していた道子によって、木っ端微塵《みじん》に破壊された。それぞれの感情の深さを、性交と暴力で表現しあい、簡単に破滅まで至った。

油井さんが篠崎のことをどう思っていたのか、そしてなんで店のテーブルの上で寝ようとしていたのか、なにもわからない。推測してもしかたがない。

三軒茶屋は、そんな事件があったなんて知らないみたいに、賑《にぎ》やかで明るかった。


大学というものが、どれだけ人を浮かれさせるものなのか、知らなかった。誰もがはしゃいでいて、残り四年しか遊ぶことができないと思いこんでいるようだった。

約二年で自分は死んでしまう。そう思うと、なぜか痛快な気持ちになってくる。二十歳の誕生日までなんでもできると思った。

人生がだらしなく続くと、周囲の面々は思っている。三流大学にありがちな、「こんな場所にいたら人生お先真っ暗だ」と沈んでいるやつ、無駄に意識の高いやつ、とにかく騒ぎたいやつ。それがとても面白い。

「本、まともに読んだことないんだよなあ」

隣に座った女の子が、ひとりごとのように、いった。

飲み会に俺は参加していた。

「そうなんだ」

相槌《あいづち》を打つと、女の子はびっくりした顔で俺を見た。

「やだ、わたし口にでちゃってた？」

彼女の顔が赤いのは、生ビールとはちみつレモンサワーのせいである。

「うん、でてた」

そういうと、ああ、もう、と彼女はテーブルに肘《ひじ》をつき頭を抱えた。

隣に座っている西田《にしだ》みのりちゃんは、高校の推薦で大学に入学してきた。本はこれからちゃんと読もうと思っているので、おすすめがあったら教えて欲しい、と自己紹介タイムで話していた。文学部ということもあり、自己紹介のお題として「好きな小説」を述べることになったのだが、小説の題名を挙げなかったのは彼女だけだった。

飲み会が始まって一時間ほどがたっていた。彼女としゃべったのはそれが初めてだった。それまでは、テーブルの向かいに座っていた男からずっと、京アニの素晴らしさを伺っていたからだ。初めての飲酒だったのか、その男は壁にもたれて、目を瞑《つぶ》っている。

「わたしさ、まったく本読んでないのよ。正直今日の授業、さっぱりわかんなかった」

「いや、俺もわかんなかった。そもそも『日本書紀』とかあまりにも興味なさすぎて」

「ですよね？」

そういって彼女は俺に顔を近づけた。

「近い、めちゃ近いから」

あ、すみません、といって慌てて彼女は顔を離した。この子も完全に酔っ払っている。

「熊本くんがいってた『いちばんそこがにおうひと』って面白いの？」

「におうじゃないよ。『いちばんここに似合う人』だよ」

「それ」

彼女は俺を指差す。

「最近読んだんだけれど、面白かった。ミランダ・ジュライって人が書いたんだけど、へんてこな短編ばっかりで……」

さきほど自己紹介をしたとき、飲み会参加者全員、まったくのノーリアクションだったことにフラストレーションが溜《た》まっていた。あらすじを語ろうとしたら、彼女は居眠りを始めていた。


「きみ、すごく鍛えているね」

二十四時間営業のジムで、胸のトレーニングを終えてプロテインを飲んでいるとき、声をかけられた。

深夜二時、狭いジムに俺とその人しかいなかった。俺がマシンを使っているあいだ、その人はずっとストレッチをするために敷かれているマットの上で、ヨガのポーズをとっていた。

「なにかスポーツしてたの？」

「水泳していたくらいで」

「すごいね」

そういって俺の全身をじろじろと眺めだした。いや、どちらかといえばあなたのほうがずいぶんと鍛えてらっしゃる、と返すべきか迷った。プロテインのストロベリー味が思った以上にまずかったので、なめらかに言葉にできそうもなかった。

男は作りものめいた笑みを浮かべていた。タイトなアンダーアーマーを着ている。

「大学生？」

モテるでしょ？　全身にしっかり筋肉がついているけど、パーソナルつけてるの？　こんな時間にトレーニングしているのは、バイトとかで忙しいの？　家近いの？　プライベートまで質問しだした。

ランニングマシンで三十分走ったあとも、まだその人はいた。シャワーを浴びて、さっさと帰ろうとしたとき、呼び止められ、

「きみ、先週二丁目をほっつき歩いていたろ」といわれた。

「なんですかあなた」

俺は警戒して、いった。

確かに、俺は仲通りをぶらついた。無数にある飲み屋のどこに入ったらいいのかわから

ず、バラエティショップで雑誌を立ち読みしただけで退散した。

「まあそんなに構えなくてもいいよ」

身構えないほうがおかしい。尾行されていたんじゃないか。

その人は笑いながら、ちょっと待ってくれ、といって荷物置き場から鞄《かばん》をだした。名刺を渡された。

『ディレクター　崎谷光輝《さきやみつてる》』

なんのディレクションをしているんだか。携帯電話とメールアドレスだけが記載されている。

「東京にきたばかりで店とかわからないだろ？　なんなら案内しようか？」

「結構です」

俺はジムからでようとドアに手をかけた。

「じゃあ、アルバイトしないか。これが本題なんだ。つまらないバイトするよりももっと簡単に小遣いを稼ぐことができる」

きみを見かけたとき、声をかければよかったと後悔していたんだ。こんなところで再会するだなんて、これは奇跡だ。ぜひきみにお願いしたいことがあるんだが。

俺が警戒を解かないでいるので、崎谷は察したかのように、売り専とかじゃないよ、と首を振った。

「モデルになってみる気ないかな」

アイフォンの画面には、下着姿の自分が映っている。顔は見切れており、見ても誰だかわからない。聞いたことのない下着メーカーの通販サイトだ。多少陰影を加工しているのかもしれない。ネットにあがっている身体が、自分のものとは思えなかった。ギャラは二万円だった。崎谷には「下着に気を使う男性向け」と説明された。サイトを見てみると、どの商品も色鮮やかで凝ったつくりをしている。ボクサーブリーフからビキニやサポーター、ほとんど性器を隠せていないものもあった。躊躇《ちゅうちょ》する暇を与えられず下着を穿《は》きかえ、撮影された。

「これ、ありがとう」

みのりちゃんがやってきて、先週貸した『いちばんここに似合う人』をよこした。俺はアイフォンの画面を消した。

「どうだった？」

「まあまあかな」

返事を聞いて、読んでないな、と俺は疑いの目を向けてしまった。

「あの、へんなセミナーに行った話面白かった」

俺の表情を見て察したのか、慌ててみのりちゃんは付け加えた。

俺がバッグからだした文庫の表紙を眺めて、みのりちゃんはまたも身も蓋《ふた》もない感想を述べた。

「なんかタイトルからして、えぐそう」

「色川武大《いろかわたけひろ》の『狂人日記』」

「いまはなに読んでるの？」

「熊本くんはなんでも読むよね」

　本だったらなんでもいいってかんじに。みのりちゃんは向かいの椅子に座った。俺たちは大学の喫茶スペースにいる。

「有名どころを読んでるだけだよ」

「いや、これ有名じゃないでしょ、わたし知らないもん」

　自分の知らないことが世間で有名でないことという認識もどうなのか、と思いつつ、そこは無視して、書評とか、高校の頃にもらった国語便覧に載ってるやつを中心に読んでる、と俺は答えた。

　便覧！　たまげた、という言葉を具体化するとこんな顔になるんではないか。みのりちゃんは心底驚いてから、

「わたしそんなの一度もひらいたことない」といった。

「きみはいったいなにしに文学部にきたんだね」

「みんなそんなの読まないって。アンケートとって勝ち負け決めてもいいくらいだよ」

「国語便覧、ってなにそれ」

アキくんはすでに酔っ払っており、しらふのときより声は大きく陽気になっていた。

「高校の頃もらわなかった？」

「わからん。記憶にまったくない」

俺とアキくんは二丁目のバーにいた。やたらとでかい音量でかかっているカラオケのせいで、大声でいいあうことになる。野太い声のモーニング娘。はサビになるとあちこちの席から合唱が起こった。ここはそもそも話をする場ではない。とにかく酒を飲んで、自分のいいたいことをしゃべり、誰にもまともに聞いてもらえなかったとしても、べつに構わない。ただ楽しい雰囲気のなかに身を寄せるためだけの場である。

アキくんとは下着モデルのアルバイト現場で知り合った。

すでにスタジオ（といっても北参道《きたさんどう》のマンションの一室だった）にアキくんはいて、「こんにちはっ」と俺に駆け寄ってきた。すでにきわどい下着一丁だった。自分とそれほど年齢は変わらないように見えた。

「やばい、仕上がってるじゃん。腹筋割れてるの？」

アキくんはいきなり俺の身体をシャツ越しに触ってきた。

「並んだら俺たいしたことないの丸わかりだから、画像盛って加工して！」

スタッフの人々に声をかけ、笑いを誘っていた。

なれなれしいやつだな、と第一印象はろくでもなかった。しかし撮影が始まると、「足広げたほうがいいよ」「少しひねると腰が締まりケツがでかく見えてエロい」などといって、慣れない俺にアドバイスをし、「タクミくん、なに飲む？」と冷蔵庫を勝手にあけてジュースをだしてくれた。

俺たちは二十着ほど下着を穿き替え、撮影された。

通販で売っているだけでなく、デパートにも卸しているという。わざわざデパートで下着を買ったことがない。変に感心してしまった。

「タクミくん、崎谷にどこでスカウトされたのさ」

アキくんは大声でいった。

「近所のジムで声かけられた」

俺もまた大声で返した。ちょうど歌が終わったところで、店中に響き渡る形になった。すぐにまた歌が始まる。次もたぶん、ハロプロのなにか。

「すごいねえ、それ新宿から尾行されてたんじゃないの？」

「近所だっていってたけど」

「崎谷ん家、阿佐ヶ谷《あさがや》だけど」

俺は顔をしかめた。確実にあとをつけられていた。

「あいつ、いろんなコネクション持ってるなんでも屋だから。下着モデルだのクラブイベントのGOGOだの、目を引く男前を斡旋《あっせん》してたりすんのさ」

「男前」

「俺らみたいな」

臆面《おくめん》もなく、アキくんはいった。

ピンハネしてんじゃないかな、って俺は疑ってるんだけど。とわざわざうるさい店内で俺の耳元に小声で囁《ささや》く。

「アキくんていくつなの？」

「いくつに見える？」

大声で思いきりうざったいことを問われた。

「俺のちょっと上くらいかな」

「やった！」

アキくんは立ち上がり、ガッツポーズをした。店中の人間が俺たちに目を向ける。

「なんで立ち上がるの？」

「いや、店中に俺が若く見られたことを自慢したくって」

「で、結局いくつなの」

「秘密ですー」

ほんとうにウザすぎる。

もう一軒行こう、今度は静かな店で語ろうよ、と引き止めるアキくんを置いて、俺は新宿駅まで歩いた。

酔い覚ましに炭酸水を買おうとコンビニに入った。レジにいた店員が、じろじろと眺めてくる。なんだこいつ、と思った。さっさと会計しようとしたときだ。

「もしかして、ショースケ？」

よく見ると、面影に見覚えがあった。

「俺、中学のとき水泳部だった、滝口！」

あ、ちょっと待ってろ、といって並んでいた客をてきぱきとさばいていく。

「マジで久しぶりじゃん、すげえなあ、なんか、お前、めちゃイキってね？」

滝口は俺を上から下までじっくり眺め、いった。

「大学デビューだよ」

俺はいった。

「そうかあ、大学かあ」

滝口は高校卒業後フリーターをしながら、バンド活動をしているという。楽器なんて弾《はじ》けるのかと驚くと、高校からベースを始めたという。

「すげえなあ、なんかお前、見違えたなあ、いかにもヤリチンじゃん」

お互い変わったなあ、と滝口はいった。

「ぜんぜん。読書が趣味のただのネクラだよ」

「彼女いないの？」

答えに詰まったところでちょうど客がやってきた。そのまま、じゃあ、といって去ろうとすると、待て待て、といって止めてくる。

「前もさ、みずっちがきたんだよ」

懐かしい名前に俺はうろたえた。

「そうなんだ」

「ほら、みずっちさあ、やばかったじゃん、娘さん亡くなって」

「なんだよそれ」

「ああ、お前がいなくなった後か。生まれた直後に、死んじゃって。ずっとみずっち暗かったよ。で、つい最近ここにふらっとやってきて。声かけたら、超キョドってた。で、頑張れよーとかなんとか適当なことといってさっさとでていっちゃった」

水沢先生がこのあたりにいたのか、と思うと動悸《どうき》が起きた。会ってみたかった。自分が東京にいなかったあいだに、いろいろなことが起こり、決定的になにかがそこなわれている。

「まあいいや、お前ラインやってないの？　今度みんなで集まろうぜ。ライブにもきてよ」

ライン交換をして、俺はコンビニをでた。

あたりを見回した。先生がいるような気が勝手にした。もちろん、いなかった。いたら、どんな姿だとしても、見つけることができる。


しばらくして、崎谷から電話がかかってきた。

「ゲイ雑誌のグラビアなんだけど、編集がきみの画像をツイッターでファボっていたんだ。知り合いだっていったら、ぜひってさ」

「顔映ってなかったのに？」

下着メーカーのツイッターに俺の顔はもちろん載っていない。

「俺の紹介なら松竹梅だと、竹以上ではあるって思ったんだろう」

自分の審美眼に自信があるらしい。俺はやる、と即答した。

「フットワーク軽くていいね」

「なかなかできない経験だしいいかなって思って」

俺は答えた。

「いいねいいね、そのノリ」

夢を見たのだ。あれは、滋賀の家にいたときのことだ。

暗闇のなかに自分はいた。空気が淀《よど》んでいた。自分と闇との区別がつかないくらいに深い場所だった。

どこかの寺で体験した、胎内巡りみたいだった。数珠《じゅず》を頼りに暗闇を進む。でもここには、案内となるような道標なんてない。

いくら手を伸ばしても歩いても、地面以外に触れるものはない。途方に暮れた。これが夢だということは理解していた。自分が目を醒《さ》ますまで、待つしかなかった。

水の流れる音がする。

川が流れているのだろうか。音のほうへ行ってみようかと思ったとき、

「ストップ」と声がした。

その声に聞き覚えがあった。

「渡ると面倒なことになる」

声はいった。

「死んだんじゃなかったのか？」

「そうよ、死んだ」

横柄に、まつりの声が聞こえてくる。

「なにか質問あるんじゃない？　死後の世界てどうなの？　とかやっぱ自殺すると地獄に堕《お》ちるわけ、とか」

鼻で笑う。

「なんで死んだんだ」

「それは、わたしがなんで車にはねられたのかってこと？　それとも、あの女の呪いは本当なのか、ってこと？」

「どっちもだよ」

「最初の質問には答えられない。気が動転していたってのもあるし、わたしの個人的な問題。誰のせいでもない。ただ、わかったことがある。運命に逆らうには、並大抵のパワーじゃかないっこないってこと」

答えになっていない答えを、返した。

「それともう一つ、あの女の呪いは、やっぱり本物よ。あの女の世界に飲みこまれたとき、あの女の『設定』ってやつに従わざるを得ない流れができてしまう。それを運命、としてもいい。きまぐれな化け物の遊びにつきあわされる」

「よく理解できない。でもまだ俺は死んではいない」

「あんたももうすぐハタチでしょう。御愁傷さま」

「そういう人を食った物言いは死んでも直らないのか」

「わたしはあの女に一泡ふかせてやりたいんだ」

あの女。

「わたしは、あの女に初めて会ったときに『ハタチで死ぬ。かわいそうね、せめて短く苦痛のない一生を過ごさせてあげる』といわれた。ぞっとしたわ。小学校にあがる前だった。あの女が突然家にやってきて、そのまま父さんを骨抜きにして、母さんを病ませて、家の実権を握り、兄貴の性処理をしているのを見てきた。わたしからいわせれば、完全におかしい。人間じゃない」

タクミ、あんたはあの女の枠からでな。そのためには、「それまでの自分だったら絶対しなかったこと」をしなくちゃいけない。人殺しとか強盗とか、普通に考えたらしないことをしろとか、自分の信条に反することをしろっていっているんじゃない。あんたの性格だったら、しないだろうことをしな。多分それはあんたにはわからないだろう。でも、それを意識して行動していけば、なにかが外れる瞬間が起きるはず。いいわね。

崎谷に声をかけられ、そのままモデルを引き受けたことも、「それまでの自分だったら絶対にしなかったこと」のひとつだった。

二十歳まで、自分にどんな選択ができるのか、見当がつかない。

撮影現場は、浅草《あさくさ》にある旅館だった。浴衣《ゆかた》を着られるかと問われ、できると答えると、浴衣と褌《ふんどし》を渡された。撮影していくうち、次第に浴衣をはだけさせられ、最後は素っ裸になった。

臍《へそ》の下の内臓が疼《うず》いた。身体の奥に、自分以外のものがいて、存在を知らせようと叫んでいるように感じられた。ああ、そうか。こういうふうに、あのとき自分はこの身体にメッセージを送っていたと思いだした。こいつはきっと、熊本祥介だ。忘れていたよ、いまの自分が、まがいものだったこと。作られた存在だったことを。でも、もう無理だろう。この世に再び顔を覗《のぞ》かせたところで、お前は繊細過ぎる。生きることなんてできない。せめて、俺が生かしてやる。お前のことは、俺だけは絶対に忘れないでやるから。

「いいねえ、タクミくん、すごくいい目をしているよ」

データを覗きながら、崎谷の知り合いだという編集者はいった。

「ほかにもさ、いろいろ企画はあるから、次も頼むよ」

俺は、どうぞよろしくお願いします、といって現場を後にした。

数日して、きみを表紙に使いたいと編集がいっている、と崎谷が連絡してきた。

「俺の目に狂いはなかったなあ。スター誕生だ」

べつに構わないと俺は答えた。

一ヶ月後、アキくんと一緒に歩いているときのことだ。

「わ、すごっ！」

アキくんが歓声をあげた。俺はそれを見て、口をあけて静止してしまった。二丁目のバラエティショップの壁にでかでかと、俺の写真が貼られていた。

俺が表紙になっている雑誌が発売されたらしい。

「雑誌のカバーモデルとか、やばくない？　有名人じゃん」

道ゆく人が俺たちをじろじろ見だした。

自分の顔を眺めた。悪くはないと思う。「めちゃイキってね？」と滝口にいわれたことを思いだした。でも、こいつはいったい誰なんだ？　ほんとうに自分なんだろうか。

「ここの前で写真撮ろう！」

アキくんは通りすがりの人を呼び止めた。巨大なポスターの前で、俺たちはおどけたポーズで写真を撮った。

「これ、インスタに載せてもいーい？」

アキくんがいったとき、通りを足早に歩いている人がいた。あの背中。腹の内側から誰かが叩《たた》き出す。追え。追いつけ。俺は、追いかけた。

「タクミくん？」

まさか。そんなことはない。でも、期待していた。滝口が見た、といったとき、そんな妄想をした。俺はその背中と距離を保って、歩いていく。

「なになに、どうしたの？」

アキくんが追いかけてきた。俺は答えなかった。

その人は、雑居ビルに入っていった。エレベーターが閉まったところだった。三階で止まったのを確認した。俺もまた、三階へ向かった。

「ハッテン場じゃんここ」

アキくんがいった。

「入ったことあるの？」

「まー前にムラッときたときに何度か。年齢制限あるからキモいジジイとかいないし」

「じゃあ、ここで」

そういって俺はドアをあけた。

「マジで？　なに、いきなり」

アキくんがついてきた。

窓口で、年齢を証明するものを見せてください、といわれた。俺は躊躇《ちゅうちょ》せず学生証を見せた。今日はタオル一枚での入場です、といわれた。

「タクミくんハッテンとかするんだ」

ついてきたアキくんがロッカールームでさっさと脱ぎだす。

「初めてだよきたの」

「イケてるやついなかったら、俺が相手したげるよ」

アキくんは下着をおろした。

ブラックライトが照らす狭い通路を通る。まるで迷宮のなかにいるみたいだ。壁際で、男たちが入ってくるやつを物色している。小さく重低音が流れており、空気は湿っている。ときおり個室で大きな喘《あえ》ぎ声があがった。俺はタオルで隠すことなく、捜した。ここで見つけて、どうしようというんだろう。こんな場所で再会なんてありえない。

さっきまでアキくんがついてきていたけれど、もういない。誰か相手を見つけたのかもしれない。

暗がりのなかで、男たちの顔を見続けた。たまに誰かの手が尻《しり》に触れる。合図なんだろう。無視した。あまりにじっくり顔を見ようとするから、気があると思われたのかもしれない。性器をこれ見よがしに勃《た》たせている男、個室に入らず見せびらかすように始めてしまっているやつら。いない。

奥の部屋で複数でさかっている連中がいた。そのなかにいるんじゃないか。俺は近づいた。手を思い切り引っぱられ、そのなかに引きこまれる。とにかく、顔が見たい。男たちに身体を弄《いじ》られながら、俺は確認しようとした。あちこちを撫《な》でられ舐《な》められ、さかりの一部にされそうだった。いない。俺は、連中を押しのけて、その輪から抜けだす。なにしにきてんだよ、という声がした。

すべての小部屋を覗いた。いくらうろついても見つからなかった。あれは、人違いだったんだろうか。そんなことはない。絶対に、あれは、そうだ。確信している。こんなところにくるわけないのに。

出入り口そばで、アキくんが誰かにしゃぶられている。くすぐったそうな顔をしながら、この尺犬までやばいよ、と相手の頬を軽く叩いた。

「帰るよ」

「俺、これで二人目。タクミくんは?」

どのくらい時間がたっていたんだろうか。いま何時だ?

「ぜんぜん」

「タクミくん、前から思ってたんだけどさ、お高くとまってるっていうか」

そういってアキくんはしゃぶりついている男の頭をつかみ、腰をきつく振りだした。男がえづいてもおかまいなしだ。

「理想が高いんじゃない?」

そうだよ。

「俺タクミくんのことイケてるんだけど、今度キメてしようよ」

俺は返事をせず、下を向いた。

「ふられたあ」

アキくんは、うっ、うっ、と腰を震わせた。射精したらしい。相手の男は口を放そうとしない。

「せっかくエロいガタイしてるんだから、もっと楽しみなよ。鍛えてるのって、セックスしたいからだろ。どうせ変態のくせに」

俺は、暗闇から、でた。

みのりちゃんは俺の部屋にやってくると、まっさきに本棚へ向かう。俺の読書の進行状況を彼女はこの世で唯一把握している。

「あ、川上未映子《かわかみみえこ》の新刊じゃん」

「知ってるの？」

「わたしだって川上未映子くらい知ってるわよ」

たこ焼き器を勢いで買ってしまった、と昨日みのりちゃんはいった。

「散歩していたら、町の電気屋で閉店セールをやっていて、人がごった返してて。こんなに人がくるなら閉店することなんてなかったのにね」

少々怒り気味だった。義憤（？）にかられたのかもしれない。

「お店の人に声かけられて、値札より安くするとかいわれちゃって、思わず買ってしまった。でも、たこ焼きってどう作ったらいいの？」

きみの持っているスマホで検索しろ、と切り捨てることはせず、じゃあうちに持ってきなよ、と俺は提案した。

たこ焼きが食べたくなったのだ。

「すごいね、うまいね、たこ焼き屋でバイトできるよ」

俺が串でたこ焼きを回すのを見て、みのりちゃんは驚いていた。彼女は、一切手伝うこともなく、ただ俺の手つきを眺めていた。

「食いっぱぐれがないね、それ」

二人で三十個ほどたこ焼きを食べた。しばらくたこ焼きいらないや、といってみのりちゃんは寝転ぶ。せっかく買ったたこ焼き器も、次に使われるのはいつになるのだろうか。

「なんかさ」

みのりちゃんの顔は本棚に向けられていた。

「熊本くんの本棚、欲しいなあ」

「これ、イケアで買ったやつだよ」

「中身だよ。面白そうな本たくさんあってさ。わたし、本屋で棚を見ても、なに読んだらいいかわからないんだもん。かといって大学の課題図書とかでこれを読め、とかいわれたら読みたくなくなるし」

だから、信頼できる人が、これ面白いよ、っていってくれるのを読むのが一番わたしにはいいみたい。みのりちゃんはそういって、げっぷをした。

「なるほど、ブック・コンシェルジュか。いい仕事だなあ」

実は俺、小説を書きたいんだよ。一瞬、いってもいいかなと思った。胃袋のなかにある大量のたこ焼きが身体をだるくさせた。結局、いわなかった。おなじようにたこ焼き充となっているみのりちゃんが、いびきをかいていたからだ。

タオルケットをかけてやり、「ジムに行きます。帰るとき、鍵をポストに入れておいてください」と書いたメモを残して、俺は部屋をでた。


暗闇のなか、ラヴェルの「ボレロ」が流れ始める。明るくなると目の前はステージだ。下着一枚の男が、円卓の上で倒れている。それまでわからなかったが、ぎゅうぎゅう詰めの客席に俺はいる。この場所には見覚えがある。

「お久しぶりね、熊本さん」

右隣から声がした。そこには、あの女がいた。

「こういう形でお会いするのは、わたしの趣味じゃないけど、しかたないわ、いいでしょう。まるで小娘みたいじゃない。若い男の夢のなかに謎を匂わせながら登場だなんて。ねえ、まつりさん」

まつり？

女が俺の左隣を顎《あご》で示す。振り向くと、セーラー服を着たまつりがいる。まつりは俺のことなど気にせず、ステージを見ている。

ステージの男が立ち上がる。ゆっくりとした動き。踊っているのは篠崎だ。篠崎は、あの頃のままだ。違う、これは。

「あなたが観た公演よ」

女がいった。

「あのとき、あなたが感銘を受け、その後あの少年と寝ることになった日の会場」

「気色悪い」

まつりが口をひらく。しかしまつりは舞台に目を向け、こちらを見ようとしない。

「この踊りが終わるまでにすむ話よ。実はね、まつりさんはお亡くなりになっても、気がかりなことがあるらしいの」

「なんだよそれ、関係ねえだろ」

まつりが怒鳴る。客たちは一切気にせず、舞台を見守っている。俺たちは、この空間にいながら、まったく別の空間に身を置いているらしい。俺は声をだすことができない。失語したわけではない。この二人に話しかけるべき言葉が、一切でてこないのだ。

「あなたの夢のなかに侵入するなんて無作法なことをしてしまってごめんなさいね。そのうえ口だしさせないなんて、重ね重ねってものよね。でもね、しかたがないのよ。現実と違う時空、べつの次元でないと三人が相見《あいまみ》えることなんてできないでしょう。なのでせっかくだからよい芸術作品を鑑賞しながら対話させていただこうと思って」

「もったいつけて、いやらしいったらない」

まつりは舌打ちした。

「死んでから自分を隠すことをやめたのね。生きてるときはわたしの前では神経を病んだ猫みたいだったのに」

「なんでてめえと顔を突きあわさなくちゃなんねえんだよ？」

「わたしに会いたがっていたでしょう？　このままだと成仏できないまま、わたしにつきまとって呪い続けるだけよ、永遠に」

「さっさと用件だけいいな」

「あの子を不幸にしているのはまつりさん、あなたよ。無駄だから消えなさい」

沈黙。そして舞台上では鎖に縛りつけられながらもがき続ける振り。もうすぐ、その鎖は砕け散り、篠崎は天に向かい飛翔《ひしょう》をしようとするのだ。

「あなたはサポートしているつもりみたいですけど、逆にあの子を不幸にしているだけ。だってあなたはもうあの頃のあなたじゃないから。じきにあなたの感情だけが残されることになる。そうなったら存在するのは、恨みと執着心だけ。あの子は枠の外にいるのよ。あなたのお兄さまと寝ようがね。わたしの好みではない。さほど面白くもない子よ。あなたが手放しさえすれば、あの子は若い頃お友達を失っただけの、よくいる小娘でしかない」

女はゆっくりと、説き伏せるように話す。

「ふざけてんじゃねえぞ」

「あなたとわたしではジョークのセンスが違いますからね。あなたは乗り越えられるかと思って期待してみたけど、とんだ期待はずれでしたよ」

てめえ、殺してやる、ぜってえに殺してやる、とまつりは叫ぶ。その声をかき消すかのように「ボレロ」が大きくなる。

「身動きもできないようじゃ、あなたは結局わたしよりも弱い」

篠崎はまもなくすべてのしがらみから解き放たれる。音楽がまもなく最高潮に達する。

「なんで熊本さんの夢のなかでこの聞きわけのない子に宣告することになったかって話をしましょう。人は夢でしか、霊魂と対話できないからなの。わたしは夢なんて見ないものでね」

音楽が轟音《ごうおん》となっているというのに、女の声ははっきりと伝わってくる。

「あなたの夢を勝手に間借りしたから、せめてと思って懐かしい思い出をもう一度見せてあげたかったっていうのに、すまないわ。もうこれで、思い出は更新して捏造《ねつぞう》されてしまったかもしれないわね。でも、べつにいいじゃない、どうせ戻ることもできないのだから」

女は鼻先で笑った。

この夢は、いつまで続くのか。篠崎はあのときと同じようにもがき天にのぼろうとするが叶《かな》わない。そもそも、羽がないのだ。そして、飛翔を阻むように、無数の、無名の他者たちが篠崎に押し寄せてくる。

「せっかくだからあなたの死ぬ日を決めましょうか。二十歳の誕生日前日の夜なんてどう？　あなたが成人を迎えることができたら、勝ったってことよ。むしろあなたが打ち克《か》つ姿を見てみたいと思っているわ。なにをしたらいいかも、明確にしてあげましょう。本当にしたかったことを成し遂げなさい。見て見ぬ振りをしてきたことを、しなさい。結果はどうであれ、それがあなたを生かす。まつりさんはできなかった。いい線までいっていたけど、詰めが甘かった。あなたはできるかしら？」

じゃあね、もう会えないかもしれないわね、といって女は立ち上がり、観客たちを踏みつぶしながら劇場を去っていく。

篠崎は力尽き、再び舞台に倒れこむ。闇。

「タクミ」

まつりの声。

「違う、タクミのなかのお前」

まつりの声だけがする。

「あんたがしたいことはなに？」

もとに戻りたい？　ならあんたがこいつを捨てなくてはならない。あんた自身でね。あんたには耐えられないかもしれない。わたしが作ったんだから、わたしが壊してやってもいい。でもね、手伝いがなければ戻れないくらいに弱いなら、そのままおとなしく死にな。自分が完璧《かんぺき》に消えるのを指でもかじって見ていればいい。わたしはあんたみたいなやつ大嫌いだよ。でもね、これはあんただけの問題じゃ……。

闇はもっと深くなり、そして、意識は途絶えた。

起きたらいつも通りの朝だった。汗を掻《か》いていた。眠ったというのにひどい疲労を感じた。麦茶を飲むと、身体は思っていた以上に渇いていたらしく、沁《し》みた。

夢のなかで、女とまつりがいったことを反芻《はんすう》した。俺は、二十歳の誕生日前日の夜に、死ぬ。

「見て見ぬ振りをしていたことなんて、ない」

俺はいった。

「ない」

もう一度いうと、腹が鳴った。

女は、俺にはいっていなかった。まつりもそうだ。熊本祥介に、いった。

祥介、じゃあ、お前はなにをしたい。

また、腹が鳴る。

タクミを殺す。待てよまつり。俺はタカハシタクミであり、熊本祥介だ。一心同体だ。もう離れることなんてできない。

崎谷から電話がかかってきた。

「きみのセックスを撮影したいってオファーがきた」

気軽さを装っていた。

「悪趣味だね」

誰かが自分に露骨な欲望の目を向ける。考えると不思議なものだった。他者の目に映った自分は、もう自分ではない。そもそも、自分という存在が、俺にはわかっていない。あまりに無防備に生きてきた。

「ざっくりいうと、アダルトビデオ、といってもゲイ向けのやつだけど」

俺は昔、男優をしていたんだ。といっても相手役というか、モデルを引き立たせる張り型みたいなもんだけど。あの界隈《かいわい》じゃ俺がきみをマネジメントしてるってことになっているみたいなんだな。で、話がきた。聞いてみると、悪い話じゃない。最近はネット動画がメインだから、短めで本番一回分、ゲイなら四、五万くらいしかギャラがない。ノンケでもプラス一、二万てとこらしい。部活でバイトをできないやつの小遣い稼ぎってとこだな。

でも、今回は単体DVD一本分、きみをメインで撮りたいんだってさ。俺が相手をしないかともいわれた。まあ、バーターで使ってくれるそうだ。ギャラ交渉は俺がしてやる。悪くない値段まで上げてやるよ。どうだい？

俺は黙った。

『あなたが本当にしたいことをしなさい』

これは、違う。

このままでは、俺は消える。死ぬのか、それとも親父のように消去されるのか、それはわからない。なにかを残したかった。だから小説を書いている。書いては消しての繰り返しで、いまだに最後まで書きあげてはいない。

「わかりました。ちょっと考えてみます」

俺はいった。

「まあ、即答はできないよなあ。いつでもいいからどうするか決めたら連絡して」

崎谷は電話を切った。

上京してから滋賀に帰ることはなかった。

初めての帰省がこういうかたちになるとは思わなかった。

喪服姿の母が、ベンチでうなだれていた。

「なにか飲む？」

俺が声をかけても、首を振るだけだった。

「どうしてこうなっちゃったんだろうねえ」

それほど大きくはない母の声が、いつもより小さい。

「わたしはね、若いとき、おばあちゃんになんでもかんでも止められたのよ。海外旅行に行こうとしたら、『飛行機が墜落したらどうするの？　向田邦子《むこうだくにこ》だってそうだったじゃない』っていわれたりさ。関係ないじゃないい」

喪服の一団が通り過ぎる。多くの人が死に、焼かれていく。火葬場は時間刻みで団体が入れ替わっていく。

「あんた、小さい頃いつもあいつに殴られてたでしょう。わたしもおばあちゃんも心配して。のぞみと二人で暮らすようになって、はっとしたの。あの子のことをほったらかしにしてきたのかもしれないなって。いいなりになっていたのは、罪滅ぼしのつもりだったのかもしれない。でも、結局どうにもしてあげられなかった」

妹が死んだ。首吊《くびつ》り自殺だった。飯を買ってこいと命じられ、近所の弁当屋から戻ってきた母が発見した。

遺品を整理していると、ディズニーランドの土産で買ったお菓子の缶が出てきた。なかにはさまざまなものが入っていた。雑誌に載っていたヘアアレンジの切り抜き、サンリオキャラクター（妹はキキララが好きだった）のシールや鉛筆。期限の切れたマクドナルドの割引券。少々幼い、十代の娘がわざわざ大切にとっておいたものたちだった。そして、キャンパスノートが一冊入っていた。そこには、細かい文字がぎっしりと乱暴に並んでいた。

死ねちくしょうクソあほ殺す死ね死ね死ね死ね死ねクズゴキブリバカふざけんな呪ってやるおまえら全員死ね地球滅びろぜんぶおまえらのせいだてめえふざけんな死ねウジムシおまえらばっかりいい目にあって死ねクソ死ね……

どのページを見ても、罵《ののし》りの言葉しかない。ぱらぱらめくっていると、ある言葉が目に入った。

祥介死ね地獄におちろクソ

しばらくじっくり眺めて、目に焼きつけてから、ページを閉じた。

これを書いているときの妹の暗い感情を想像した。

「いわれなくたって、どうせ死ぬんだ」

俺は呟《つぶや》いた。部屋に妹がまだいる気がした。暗がりに身をひそめ、家族や世間に呪詛《じゅそ》を送り続けていた妹。

そして、缶の底に、封のされた手紙があった。

これは遺書かもしれない、と告げると、俺の手から奪い、母は乱暴に封をあけた。

しばらくして、手紙を俺によこした。

拝啓　××さん

はじめてお手紙を書きます。わたしは滋賀県の大津《おおつ》市に住んでいるものです。びわ湖が有名です。わたしはここに、二年ほど前から住んでいます。両親の転勤でやってきたわけではありません。夜逃げしたのです。自分の人生にこんなことが起きるなんて、いまでもびっくりしています。わたしは年令でいったら高校生ですが、学校に行っていません。行けないのです。お金がないからではありません。東京の家を離れてしまったこと、友達たちと別れ別れになったこと、滋賀県にきたこと、そのスピードについていけなくなって、息がうまくできなくなってしまい、そのまま、家にずっといます。

家族は、二人います。お母さんと兄です。お母さんは、たぶんわたしよりずっとショックなはずなのに、「そんなことないわ」みたいな顔をして、平気な顔をしています。そんな姿を見ていると憎まれ口を叩《たた》いてしまうのです。わたしはお母さんが大好きなのに、うまく伝えることができません。

そして兄はわたしの一つ上です。家がこんなことになったというのに素知らぬ顔で学校に通ってアルバイトをしています。運動バカで身体をきたえています。本をよく読んでいますが、わたしはぜったい頭になんて入ってないと疑っています。

どいつもこいつも、わたしを置いてけぼりにするのです。わたしはだれにもうまく伝えることができなくて、そんなことを考えていたらいつでも頭がぼーっとしてしまっていて、動きがのろくなってしまいます。そんな自分が大嫌いです。

××さんのことは、深夜にやっていた音楽番組で知りました。スタジオライブを見ていて、わたしは泣いてしまいました。××さんが歌っていた曲の歌詞は、わたしのいまの気持ちにぴっしゃりとはまってしまったのです。

××さんの新曲『×××××』がすごく素敵で、わたしはどうしても何度も聴きたかったので、ショッピングモールまでいってCDを試聴しました。買いたいのですけれど、わたしにはお金がないんです。お母さんのお財布から二千円くらいとってもばれないかな、ばれたところで怒鳴ってやればいいのですけど、買ったとしても、こんどはそのCDを聴くためのプレイヤーが家にはないのです。

試聴コーナーに××さんのがあって、わたしはずっと聴いてしまいました。しばらくして、店員に声をかけられて、あわてて店を逃げ出すことになりました。

なんて素敵なんだろう。前奏を思いだすだけでドキドキするし、サビの部分を口ずさんだら、なんだかどんどん生きる勇気がわいてきます。

××さんの歌のおかげで、わたしは目標ができました。それは、××さんの歌を気兼ねなく聴くことのできる、一人暮らしの部屋をもつことです。プレイヤーもそこにはあるし、パソコンだってあるので、取り込むことだってできます。自分のお金で、手に入れたいのです。

わたしもいつか、歌詞を書いたりしたいです。それを誰かが歌ってくれて、聴いた人が、自分もこんなことを考えていた、ひとりじゃなかったんだって、××さんの曲を聴いたときのわたしのように、死にたいなあ、って思っていた自分をちょっと変えてくれるような歌を作りたいです。

でもそれをするのには問題が山積みです。いまわたしは学校に行っていないし、家族といい感じではありません。わたしの目標を家族に話したら、二人はバカにする気がします。こんなわたしでも、××さんのファンになっていいでしょうか。わたしはすごく嫌な子で、バカで、なんの取りえもなくて、友達なんてもう誰もいません。

明日から、少しずつ、がんばっていこうかな。

明日、がんばりますから、今日だけは、泣き言を書いてもいいでしょうか。

わたしは、突然滋賀にきて暮らすとかしたくなかったし、お母さんにもっと優しい言葉をいってあげたかったし、よくわからないお兄ちゃんのことを知りたかったし、学校にきちんと行きたかったし、友達が欲しかったです。楽しい高校生活を送ってみたかった。たくさん笑いたかったし、辛《つら》いことだって、笑い飛ばせる自分になりたかったです。

CDも買っていないし、わたしは××さんのファンとして、こーけんすることもできなくて、そんなわたしでも、いいでしょうか。

ながながと書いてしまいました。こんなお手紙を読まれて、気を悪くされたらほんとうにごめんなさい。でも、どうしても、新曲の感想を伝えたくて、お手紙を書かせていただきました。

これからも、がんばってください。もしコンサートなどあって滋賀県に立ち寄られることがありましたら、どうか、こんなファンがいたことを思い出してもらえたらうれしいです。

どうか、お身体お気をつけて。

敬具

宛先のない、出すことのなかった手紙だった。

母は、静かに泣いていた。

「祥介、大学あるんでしょ。東京に戻りなさい」

俺たちは、近所にある定食屋に入った。こういうところ、一人じゃ入りづらくてね、と母はいった。狭い店内に、客は作業着を着た男だけだった。漫画雑誌を読みながら飯をかきこんでいる。

「もうしばらくいようかな」

そういうと、

「いてくれると嬉《うれ》しいけれど、ちょっとわたしも一人になりたいのよ」と母はいった。

「わかった」

思ったことをうまく口にできなかった。

「大丈夫よ、わたしは死なないから。自分でそんなことする度胸なんて、わたしにはないよ」

母は俺の顔を見て、空笑いをした。

「おばあちゃんが死んだとき、覚えてる?」

俺たちのテーブルに、頼んだ定食が置かれた。

「おばあちゃんが夢にでてきたってわたしとあの子、騒いだことがあったでしょう」

「のぞみの夢にでてきて、水をくれっていってたってやつ?」

葬式を終えて少したってから、妹が、祖母が夢にでてきた、といいだした。夢のなかでも妹はベッドで寝ていた。目を覚まして横を見ると、祖母がそばに座っていたという。そして、喉がかわいた、と妹にいった。妹はいつも寝るときにベッドのそばに置いている爽健美茶のペットボトルを渡した。祖母は受けとり、ごくごくと飲み干した。ありがとう、これでまた歩ける、といって立ち上がり、部屋をでていったというのだ。

その話を聞いて母は、実はわたしの夢にもでてきたのだ、といった。

おばあちゃんはただ微笑んでいたという。「別れの挨拶《あいさつ》にきてくれたのかしら」となにもかもに疲弊していた母は苦笑いをしていた。

気にかけられていたはずなのに、俺の夢には、やってこなかった。

「あんなふうにあの子もでてくるのかしら」

野菜炒《いた》め定食に箸《はし》をつけることなく、母はしばらく物思いに耽《ふけ》っていた。

「どうだろうね……」

なんとも返事ができなかった。まつりやあの女は好き勝手にでてくるというのに、俺の夢には祖母も妹も姿をあらわさない。

自分も、十一月で死んでしまうかもしれない。母が箸を手にしたとき、俺は少し、安心した。

コンビニで買い物してから帰る、と俺は告げ、母と別れた。母の背中を見送りながら、俺は電話をかける。すぐに崎谷はでた。

「いま実家」

俺はいった。

「そうなんだ」

店の前で、高校生らしき集団がたむろしている。地べたにあぐらをかき馬鹿笑いをしている男女を見ていたら、いきなり、妹が死んだ事実がのしかかってきた。

もういない。会うことはない。

結局しばらく黙っていた。平静を取り戻そうとした。

「なにかあった？」

「前にいっていたビデオ、です」

今度は向こうが沈黙をした。

「いいのかい？」

提案をしたやつがなにをいう。

「やってみてもいいかな、と思ってね」

「そんな軽はずみな」

紹介しておいて、なにをいっているんだこいつは。

「界隈《かいわい》の人気者になってみようかなって思って」

なにも残せないまま死んだとして、自分のセックスが残るのも悪くない。それはデータとなって、浮遊する。

「わかった。交渉は任せておけ。身体、キレッキレにしといてくれ」

電話を切ってから、コンビニに入り、爽健美茶を買った。冬だというのに、生暖かい夜だ。

俺とアキくんはDVDを手にして、唸《うな》った。バラエティショップの店内では、昼間から男たちがエロDVDを物色している。

「ずいぶんといじってるねえ」

パッケージに写っている自分を見て、俺はいった。

「限りなく自然に、加工されてるね」

雑誌の表紙になったときと同じく、自分とは思えなかった。

「まあ、ぶっちゃけイケる」

そういってアキくんは俺の尻《しり》をつかみ、揉《も》んだ。あの撮影以来、アキくんのスキンシップは以前よりも激しくなってきている。一度寝ると、関係はこんなに露骨に変化してしまうのか。俺はその腕を払った。

「ケチだなあ」

アキくんはそういって手に息をふきかけてみせた。

撮影は二ヶ月前、三日間にわたって行われた。カメラの前、スタッフのいるなかで、崎谷との行為を始める。気分の浮き沈みと集中のできなさが、そのあいだに何度もあった。崎谷はプロフェッショナルだった。決して萎《な》えることがなかった。

アキくんは当日突然やってきた。

「サプライズのほうが盛りあがるっしょ」といって肩をすくめた。

「タクミくんとはワンチャンあるだろって思ってたけど、まさかこんなとこでとはねえ」

そういってアキくんは俺の首に腕を回した。

「3Pの相手も俺と崎谷だし、緊張しないでいいでしょ」

めちゃ楽しみなんだけど、とあのときアキくんは囁《ささや》いた。

「タクミくん、ノンケ設定だけど、やっぱイカニモじゃん、ウケる」

アキくんは俺の手にしているDVDのパッケージを覗《のぞ》きこみ、いった。性欲強そうじゃん。まあ強いけど。

「そもそも仲通りを普通に歩いてるしね」

「一種のファンタジーを売ってるんだから、アリでしょ」

ノンケのくせしてなんでもできる、とかって、変態すぎてやばくね？

「あのアドリブも良かったよね。彼女の名前が微妙だったけど」

「あの名前は、本当にそういう子がいたんだ」

とくになにかが変わったということもなかった。こうなったのは、あらかじめ決められていたことのひとつだったのではないか、と思えた。結局予定調和でしかなかったのかもしれない。

自分がこの世に残せるものは、このディスクのなかに入っている痴態しかない。そう考えると、笑えた。

来週のイベント、僕もでるから、とアキくんが話を変えた。俺がGOGOとしてステージに上がることになっている。

「うちらコンビ売りしない？」

アキくんはいいことを思いついた、といわんばかりに大袈裟《おおげさ》に手を叩《たた》いた。

今日が人生最後の日というやつか。

衣装合わせをしながら、俺は考えていた。衣装、といってもきわどいものばかりだ。何度か踊りの練習をしたが、正直まったく覚えていない。

「大丈夫だって、ステージでたらノリでしかないし。なにやったって客は喜ぶんだからさ」

隣でアキくんは鏡を見たままいった。

「それよりめちゃくちゃタクミくん話題だよ。俺が最初にビデオでたときより反響すげえし。ツイッターでタクミくんエゴサしてるもん、なぜか俺が」

ツイッターだとキモいやつが凸《とつ》ってくるから、インスタとかどう？　毎回会うたびに、SNSをやるべきだと、アキくんは力説する。俺たちみたいな商売は、自己発信が重要なんだからさ。意識高いところを見せびらかさなくちゃ。

自分のいましていることを、商売と思ったことがなかったので、アキくんのプロ意識には驚かされる。

「刹那《せつな》的だねえ」

「人生楽しんだもん勝ちでしょ」

紋切り型の言葉だったが、とてもまぶしかった。

「そうだね、やってみようか」

「どうしたの急に」

やれというから答えたのに、意外、とアキくんはいった。

「そういうの絶対しなそうだったのに」

「今日が終わったら、考えてもいいかなあ、と思ってさ」

今日、死ななければ。

人生最後の夜、爆音のなかで俺はステージに立っている。

「おかしな女に呪いをかけられたんですよ。二十歳の誕生日の前日に死ぬって」

そんなことをいったら一笑されることだろう。客のつくるうねりをステージから眺めながら、俺はアキくんに教わったとおりに身体を動かす。さぞぎこちないことだろう。汗を掻《か》いていて、照明に当たった自分の身体が、猥褻《わいせつ》に映っているだろうか。フロアには男たちがびっしりと詰まっている。崎谷を探してみても、見つからなかった。

アキくんが近づいてきて、舌をだす。俺はその舌を口に咥《くわ》えこむ。歓声が起こる。音は衝撃のように身体を震わす。

アキくんは俺の下着に手をかける。俺は大きくのけぞる。

客の視線を毛穴で感じているうちに、汗が首筋から胸へと垂れた。出口のほうを、俺は見た。

俺は動きを止めた。

とても遠いというのに、目があった。

小声でアキくんが囁く。慌てて俺はアキくんの動きに追従する。

「タクミくん？」

いた。

見つけた。

やっぱり。

単語ばかりが頭から湧きでる。腹のなかで、誰かが、叩く。

もう一度、あの場所を見た。イベントにいるっていうのに、似つかわしくない、白いワイシャツを着ている。だから目立ったということではない。

視線を、「僕」が、見つけたんだ。

こんな都合のいいことがあるのか。いや、きっと最悪なことだ。

腹の奥から、叩かれる。痛い。腹痛じゃない。なにかが、でてこようとしている。

そんなこと、あるわけがない。

見ると、フロアから、あの人が去っていこうとしている。

待って。

待ってよ。

声が重なる。僕の声が、共鳴し、頭が揺さぶられる。倒れてしまいそうだ。

そのときだった。僕は、ステージから客席へと飛び降りて、駆けだした。

身体中にとてつもない痛みが走り、叫んだ。こんな声を自分がだすなんて思えない。そんな叫びだった。

べりべりと、肉を裂かれるような痛み。でも、そんなことを気にしている暇は、ない。客の作る壁と波をかき分けていく。なぜからくらくと走ることができる。痛みをこらえる余裕もなく、走った。

「先生」

僕はそのワイシャツの男の肩をつかむ。

何年ぶりに会ったのか、水沢先生の顔はひどく疲れていて、怯《おび》えているようにも怒っているようにも見えた。

先生がなにかをいう前に、僕は水沢先生を羽交い締めにする。僕は汗だくで、きっと、臭い。

ステージのほうを振り返ると、僕がまだそこで踊っている。

なんだこれは。

僕は、僕から剝がれてしまった。

「熊本」

先生がいった。そして、僕の頭をつかみ、髪を搔き毟《むし》る。僕たちのことを気にとめる者はいない。

いまは、何時だ?

僕は、先生の手を取って、裏へまわった。誰も使っていない、埃《ほこり》臭い使われない道具置き場のなかに僕たちは入った。ちょうどひと一人寝転べるくらいしか、床は空いていなかった。

僕たちは暗闇のなかでしばらく見つめあった。でもなにも見えないから、僕たちはお互いの顔を手で触れた。懐かしい記憶を弄《もてあそ》ぶように、慎重に。

先生は、さっきよりは驚きが抜けたようだった。

会場の音が遠くから地鳴りのように響いている。

まだタクミはステージで踊っているのだろうか。

先生がなにかいおうとするのを止めようと、僕はその口を口で塞《ふさ》いだ。言葉のない世界で、このことは始まって、終わらすべきだ。

僕たちは始めた。

暗く顔も身体もよく見えないからなのか、重さや体温、体臭を、強烈に感じた。無理にして、傷ついてしまっても気にならない。痛みは、すべてが終わってしまってから引き受ければいい。

一度果てても、すぐに僕たちは再び繫《つな》がった。

これまで自分がなにから隠れていたかを身体で理解した。タカハシタクミが担ってきたこと。代わりになってくれたこと。自分の抱えているものを、自分で引き受けること。

この埃臭い部屋が、この世のすべてだった。

僕と、先生以外は、「使われることのないがらくた」しかなかった。

夜が明けた。

窓から射《さ》す光で、部屋は薄明るくなっていた。僕たちは、床に寝転んでいた。床は冷えていたけれど、気にならなかった。拭きとるものもないまま、身体にかかった精液は乾く。そばで眠っている先生の顔をつくづく眺めた。ちかく死ぬ人のような顔をしていた。疲れ果てた顔だった。そしてそれは、この世にまたとないくらいに、とても、とても好きな顔だった。想いがあらたによみがえってきたかのように、胸がときめいた。先生の髪を撫《な》でた。

先生は目を瞑《つぶ》ったまま僕を抱いた。

「羨《うらや》んでいたんだ。お前や油井のことを」

このまま離れることはできまい、と錯覚した。どうせこれが最初で最後だというのに。

「くしゃみがでるくらいに幸福ってやつだ」

鼻をすすって、僕はいった。泣きそうだ。この人の前で、僕はよく泣く。

「なんだよそれ」と先生は笑う。

「ダザイオサム」

先生は、ふふ、と笑い、

「お前たちは読書家だもんな。でも、遅いよな、俺たち、もうきっと、黄昏《たそがれ》だ」といった。

先生は、僕を見つめながら、油井さんを見ていた。悲しくもなかった。きっとそれはあたりまえなんだと理解した。そんなことはどうでもよかった。

きっとタカハシタクミは死んでしまった。

さようなら、僕のことを一番理解してくれていた、けだもの。

僕は、生きのびた。

「朝だよ」

『さよなら、けだもの流星群』　了

4
熊本くんの本棚

「ねえ、変えたの？」

僕たちは再来週行われる予定の、ゼミ忘年会で披露《ひろう》する歌の練習をすべく、カラオケボックスにいる。

仲の良い女友達、みのりちゃんは十八番《おはこ》のmiwaを二曲歌いきり、「これならいけるな」といって、タブレットを僕によこして寛《くつろ》いでいる。

「熊本《くまもと》くん、自分のこと『僕』っていってるよ」

そういって不思議そうに、僕の顔を覗《のぞ》きこんだ。

「実は、二十歳になったんで、イメチェンしようと思って」

僕は適当な返事をした。昼間のカラオケボックス、隣から聞こえてくるおそろしくファンクな『Sweet Memories』。ここまで感情を乗せて歌われると、なにがあったのだろうかと心配になる。

「え？　ちょっと待って。二十歳？　なったの？」

「なったねえ」

僕はタブレットを操作し、曲を送信した。

「なんでいわなかったのよ！」

二十歳の誕生日って、大変なもんでしょう？　お祝いを……。曲が始まった。くるりの『ロックンロール・ハネムーン』だ。僕はみのりちゃんを無視して歌う。

カラオケの帰り道、ねえ、なんかプレゼントしようか、なにか欲しいものないの？　とみのりちゃんは何度も訊《き》いてきた。

「強いていえば、谷崎潤一郎《たにざきじゅんいちろう》全集全二十六巻かな」

「いちおう訊くけどおいくら？」

「けっこうなお値段ですよねえ、多分」

「お金ないから二千円以内で」

みのりちゃんにとって、年をとる、ということは重要なのだ。友達が記念すべき成人に達した。いくつまで、年をとることはめでたいと感じるものなんだろうか。ほんとうにめでたいのか。

僕は小説を書くのに没頭しだした。崎谷やアキくんからの連絡を無視して、毎日少しずつ。どう書けばいいのかわからず、闇雲に。

いつのまにか年が明け、夏を過ぎた頃に、全体が見えた。推敲《すいこう》して小説サイトに載せていった。

大学のテラスで本を読んでいると、知らない男が僕のテーブルにやってきた。

「相席いいかなあ」

やけに甘えた口ぶりだった。ずんぐりむっくりしていて、口元に品がなかった。あたりを見回してみると、べつに混雑しているわけではない。

「なに読んでいるの？」

僕の手にしている文庫本を指差して、いった。

「誰？」

相手の質問に答えず、僕は質問で返した。なれなれしく、不愉快だった。

「ああ、僕は社会学部のオゼキです」

僕の口調が厳しかったからだろうか。オゼキは少しかしこまる。

「きみ、去年イベントで踊ってたよね」

無駄に溜《た》めてからオゼキは切りだした。僕のほうに椅子を少し寄せ、見上げてくる格好になった。

「なんのこと？」

僕は答えた。

「そんな警戒しなくって大丈夫だって。僕もそうだからさあ」

僕もそう。そんなことをいわれて、ああ、そうなんだあ、とこっちがいうと思っているんだろうか。僕はオゼキの次を待った。

「学校にそっち系いないって思ってた？　そんなことないって、十人に一人くらいのレベルでいるって。きみ、いまめちゃ話題だよ。ホットスポットっていうか。あんなのでちゃってどうすんの、就職とか。ばれたら完璧やばいでしょ」

僕は読んでいた文庫を閉じた。

「なにがいいたいの」

「ビデオとか、僕あんなこと絶対できないよ。やばいって。いやいい意味で」

褒められているのか脅されているのかさっぱりわからなかった。どちらでもないのだろう。この男が本当にどうしようもないやつだということはわかった。

「今度のイベントでたりすんの？」

「多分もうでないよ」

「え、そんなもったいない、こんないい身体してんのに」

そういって大げさに僕をジロジロとオゼキは眺めた。

「まあいいや、それはべつに置いといてー、ねえ、ライン交換しようよ」

僕は立ち上がって、荷物をまとめた。

「見ず知らずの人と交換なんてしない」

「はあ？　人前であんだけのことしといてなにお高くとまってんだよ。バカじゃねえの」

さっきまでの態度とは一変して、オゼキが僕を睨《にら》みつける。

「変態のくせになに偉そうなツラしてんだよ。学校中にバラしてお前の人生終わりにさせっぞ」

人生終わり。その言葉に、僕は笑いそうになった。

「どうぞ、勝手にすればいい」

笑うのを堪《こら》えながら、僕はさっさとその場を立ち去った。

後ろでなにか叫ばれるかな、と思ったけれど、それほどのバカでもなかったらしい。

「熊本祥介《しょうすけ》さん、ですよね」

東急本店前でみのりちゃんからラインがきたとき、声をかけられた。

「なんですか」

つっけんどんに答えた。

「ああ、すみませんいきなり。わたくしこういうものでして」

坊主頭で薄い色のサングラスをかけたスーツの男が、名刺を差しだす。サングラスの奥に、やけに人懐こい目があった。

「探偵がなんの用ですか」

「あのですね、実はわたくし、水沢美穂子《みずさわみほこ》さんの依頼で、あなたを調査させていただいていたんですよ」

こんな立ち話もなんですから、ねえ、お茶でもしませんか、わたくしの奢《おご》りですんで。

男は僕をBunkamuraへ連れていった。

「まあまあ、申し訳ございません。こんなねえ、お時間とっていただいて」

男は平身低頭、というていで話し続けた。四十過ぎといったところか。世慣れた、と形容するにはあざとすぎる男だった。

僕への態度と違って、喫茶店の店員にはかなりぞんざいな注文をした。つまりはそういう人間だ。

「実は水沢美穂子さんの旦那《だんな》さん、ご存じだと思いますけれど、水沢貴司《たかし》さんですね、あなたの中学のときの担任の先生なんですけれど、浮気をしているのではないか、と先月調査を依頼されまして。うちはそういうの専門というか、多くの方にですね、ご依頼を受けているわけなんですけど、決定的瞬間ていいますかね。そういうのを週刊文春みたく写真に収めたところでねえ、そういうのお見せしても納得されない方もいらっしゃってねえ」

「あの」

男の口ぶりは、守秘義務もなにもなかった。大丈夫なのかと逆に心配になる。

「はい」

「どういったご用件ですか」

「すみませんすみません。で、ですね、水沢貴司さんは、浮気といっても特定の方と継続的関係になっているわけではございません、とわたくし依頼人である奥様にお伝えして、どんな相手となにがあったか、みたいなことを。そうしましたら、奥様が旦那さんの行動リストから、あなたの名前を見つけられまして。あなたが怪しい、とおっしゃるわけですよ」

「僕と水沢先生がなにか」

「昨年十一月二十五日の早朝に、二人で新宿《しんじゅく》の雑居ビルからでられていますよね。前日にあなたが出演されているイベントがあって、水沢さん、お客で。その日はね、旦那さん、初めて朝帰りっていうんですか、されまして。お楽しみだったようで、ねえ」

男は汚いものでも見るように蔑《さげす》み、すぐに口角をあげてごまかした。

「調べさせていただいたところあの後、貴司さんとはとくにお会いしたりしていないじゃあないですか。だからまあ、それっきりってことですけれど。そうしたら、奥様が、熊本さんにですね、ご主人とお会いにならないでいただきたい、それをきちんと文書にして欲しいとおっしゃられて」

男はブリーフケースからクリアファイルをだし、僕に渡した。

「すみませんけど、ここにサインしてもらってもいいですかねえ。いえ別に探偵事務所がすることじゃあないって話なんですけどね、まあうちもなんでも屋みたいなもんですので」

ファイルのなかに入っていた書類に書かれている文章を僕は読んだ。一読して、本当にくだらない、と思った。

男は僕の顔色を窺《うかが》っている。

「これじゃ、まるで、僕が水沢先生をストーカーしているみたいじゃないですか。『生活圏内に立ち入るな』って」

「実をいいますと、奥様、かなり精神的に厳しい状況のようですのでね、熊本さんには大変申し訳ないのですけれどね、人を一人救っていただれば、あれです、はい」

男はそういって頭を下げた。僕のからっぽの腹は、石が溜《た》まっていくように重い。

みのりちゃんから電話があったとき、荷作りは終わっていた。

電話を切ってから、すべてを理解した。みのりちゃんがまつり、という名前をだしたとき、ぜんぶわかった。そして、あの小憎らしい顔を思いだした。あいつ、僕たちを出会わせたんじゃないだろうか。

本を滋賀に送るべきか捨てるべきかまだ悩んでいた。

電話を切ったあとで、みのりちゃんにプレゼントしよう、と決めた。もしここにある本が、彼女の気を少しだけでもまぎらわすことができたなら、と思った。

まつり。僕はお前のことを好きになれない。でも、少しだけ感謝もしている。もし、きみが一番大切にしている女の子に、もうなにもできないと嘆いているのなら、僕がかわりに。ほんの少しだけでも、その子のことを力づけてあげることができるなら。

さっさと荷造りをし、集荷を頼んだ。ドライバーは表情の乏しい男だった。てきぱきと荷物を運んでいった。

部屋にはもう、僕だけしか、「もの」はない。短い一人暮らしだった。

『斜陽』と『はましぎ』も一緒にみのりちゃんに送ってしまっていたことに気づいた。本との別れなんて、そんなものなのかもしれない。

必要な人の手に渡るために、本という形はある。もう、自分にはいらないんだろう。

品川《しながわ》駅のホームで、留守電が入っているのに気づいた。

「別のメーカーからでないかって依頼があったよ」

お相手は俺やアキじゃなく、きみと同い年の金に困ってる学生を用意するそうだ。顔は見ていないけど、かなりの上玉らしい。ずいぶん豪華でワクワクする話だろ。なるはやで返事ください。

返事をしないでもいいだろう。もうでるつもりもなかった。

「大学をやめた」

母にさっき電話で報告したとき、そう、とだけいわれた。理由は訊《き》いてこなかった。

「東京にいるの？」

「帰ろうと思ってるんだけど」

「どこに？」

言葉が詰まった。

「しばらく、うちでゆっくりすれば？」と母はいった。

窓側の座席に座ったというのに、富士山《ふじさん》を見る前に、眠ってしまった。目覚めたら京都を通り過ぎていた。まもなく新神戸《しんこうべ》、というアナウンスがあった。僕の席に座る人はいなかったらしい。席を移動させてしまったのかもしれない。

次で降りて、戻るしかないか。僕は背筋を伸ばした。さっき、アイフォンを解約する寸前に、小説のアドレスをみのりちゃんへ送った。

『さよなら、けだもの流星群』

子供じみた題名だったな、と後悔した。

実家に送った荷物のなかに、探偵から渡された文書があった。戻ったら、郵送するつもりだった。

これからなにをするか、まったく考えていない。なんとかなるだろう、という楽観的な気持ちが、頭の隅にある。またあの本屋でバイトをするのもいいかもしれない。なにもかも白紙に戻して、はじめからやり直す。まだ二十歳だ。なんでもできる。自分にいい聞かせているだけかもしれない。

新神戸に到着したとき、僕は腰をあげることができなかった。突然、思いだした。まだ、やり残したことがある。

新幹線が動きだす。

その考えは危険だ。なにをいまさら、見て見ぬ振りをすればいいではないか。もうタカハシタクミはいない。だから、僕は、僕自身で自問自答した。

逃げだしてもかまわない。

全力で、追いつかれないように。

言葉にするたびに、喉が締まった。自分に嘘《うそ》をついているからだろうか。僕は嘘をつき続けている。水沢先生にも、みのりちゃんにも嘘をついてきた。

そして、自分のついている嘘の根本を、思いだす。いちばんのおおもとに、会わなくてはならない。

岡山へ行く。

「もうあなたはわたしたちとまったく関係ないのよ。あなたはもうわたしの世界と関係のない人間なの」

女はいった。

「父と話をさせてください」

女は門前で僕を待っていた。なんでもお見通しなのだろう。

「わたしたちが関わることはない。

女はいまいましくあたりを飛ぶ羽虫でも払うような手振りをする。

「僕はもうことは関係がない。だけれど、父とは血で繋《つな》がってしまっている。最後に、挨拶《あいさつ》をしたい」

「挨拶」

女は言葉を繰り返した。

「感傷で行動するなんて、この世で一番愚かよ。あなたの相手をしている時間も惜しいくらいにわたしは忙しいの。うちのお墓に行きなさい。いちおうまつりさんのお骨もあることだし。ま、あの子の霊魂は、わたしの脳髄のなかに閉じこめて、少しこらしめてやっているところだけれど。でも形式は大事ですからね。いまは墓守《はかもり》をさせているわ、へまばかりやらかして、家《うち》に置いておいても邪魔なんでね。あなたのかわいそうなお父さん」

女は僕に山の名前を告げる。

「あなたはもうわたしを見ることもないでしょう。お元気でね」

山道を登りながら考えた。

本当に自分は父親に会いたいのか。新幹線のなかでの思いつきは、つまらない感傷だったのかもしれない。

でも、最後にもう一度、父と対面すべきだと感じた。その直感が、自分をどういう場所へ連れていくことになったとしても構わなかった。

ほかの墓より一回りでかい、目立つ墓があった。権力を誇示することのグロテスクさと見栄《みえ》がこんなものを作りだしたと考えると、滑稽《こっけい》だった。そんなに見せつけたいのなら、ピラミッドでも作ればいい。スフィンクスも横に従えさせればいい。オイディプスが木《こ》っ端微塵《ぱみじん》にしてしまえばいい。

墓所を掃き掃除している、腰の曲がった男がいた。あの頃よりも、一回り小さくなったように感じた。あの頃？　いつの頃だったのか、僕が小さかった頃。声をかける前に大きく息を吐いた。

「ここに、何年か前に亡くなった娘さんは眠っていますか」

僕はその男に訊《たず》ねた。言葉を選び、そして緊張を悟られないように。

「ああ、まつりさんでしたら、ご案内いたします」

そういって男は歩きだす。

まつりの墓はさっきのものと比べたら素朴で小さかった。質素な花束がささっていた。

ああ、そうだ、花を買ってくればよかった。僕は気が急《せ》いていて、そんなことも思いつかなかった。

「ありがとうございます」

僕は男に礼をいった。

「いえ」

白髪混じりの乱れた髪、汚れた顔に深い皺《しわ》が刻まれている。よれた作務衣《さむえ》を着て便所サンダルばきだった。

「……どちらさまですか」

「僕のことを覚えていますか」

男は目を細め、僕をまじまじと見た。

「すみませんが、わかりません」

「熊本祥介といいます」

で、どちらでお会いしましたっけ、と男はいった。

「わかっているんだろ、お父さん」

僕は父の肩を揺さぶる。

「なにをいってるんですか？　お父さん？　なんのことですか」

わたしはあんたみたいな人なんて知りませんし、子供なんておりませんよ。誰かと間違えていませんか、やめてくださいよ気持ち悪い。やめてくれ！　と叫び僕を突き飛ばす。

僕はまつりの墓に頭をぶつけた。痛みと生温かいものが流れ落ちる感触。後頭部を触れた手を見ると、血がべったりとついていた。

「見て見ぬ振りをしているだけだろ」

僕は父を見た。父はへたりこみ、怯《おび》えている。

ああ、逆転した。そうか、年月はこんなふうに誰かと誰かの立場を変えてしまう。虐待されていた者から、虐待する者へ。こうやってまわっていく。

僕は後ずさりしている父を押さえつけ、馬乗りになる。

「僕はお父さんの人生を戻す気なんてない。勝手に別の人生になっちまえばいい。止めやしない。もう会うのも最後だ。だから、本当のことをいってよ」

本当のこと。僕は、自分がどんな「本当」をいってほしいのかわからないままいった。本当は僕のことを覚えている。本当は自分は別の人間だった。本当は後悔している。本当は――。

「死ね」

ぴ、と裂く音がした。肉を思いきり切るとき、こんな音がするのか。これまで感じたことのない痛みが両目に発生する。

僕はのたうちまわり、腹の底から呻《うめ》き声をあげた。声はとめどなく口からあふれてくる。次第に嗚咽《おえつ》となる。腹が捻《ねじ》れるくらいに力がこもる。痛みで呼吸がうまくできない。

「お前なんて死んでしまえばいい。お前なんか……」

何度も僕は蹴《け》られた。しかし目の痛みに比べたらそんなことはたいしたことない。

父の声が聞こえる。はんかくせえ。お前みたいなやつ生まれなければよかったんだ、死ね、クソが、お前はできそこないのくずだ、お前らと関わったせいで、お前らが生まれたせいでこんなことになっちまったんだ、お前らなんか……。

ああ、妹のノートに似たようなことが書かれていた。確かにあんたと妹は似てる。でも、妹は、あんたの数千倍、ましだ。僕たちはあんたの種から生まれた。でも、あんたの数億倍、ましだ。

「いっそ殺してやる」

刃物で一突きされるのか。痛みで身体をこわばらせることもできない。そんなことをしたところで、死を遠ざけることなんてできないことはわかっている。

僕が覚悟をした瞬間、放せ、放せ、という声がする。そして、物騒な、揉《も》み合う音。僕は、意識を失いかけながら、父の叫び声を聞いた。

大丈夫か、という声がする。それが本当なのか、幻なのか、誰なのかわからないまま、僕を助けてくれた人の声が、やむ。

夢。

そこはかつて自分が住んでいた家だ。木造で、床の軋《きし》む音がわりに響く。いまは昼なんだろうけれど、家のなかは薄暗い。昼に明かりをつけるのを祖母が好まないからだ。窓から光が射している。

季節は夏。僕は近所の公園にあるプールから帰ってきたところだ。プールに入ったあとの自分の匂いが好きだ。すーすーする。冷蔵庫に麦茶もチューペットもあるのだけれど、疲れていて、居間に寝転がる。まどろみ。眠気がつま先まで染み渡ってくる。

物音が聞こえる。庭で乾かしていた洗濯物を母がとりこんできたのだろう。寝転がっている僕を、母はまたいでいく。

祖母がやってきて、そんなところで寝てないの、と声をかける。僕は寝たふりをしている。

じゃま、といって腰のあたりを蹴られた。妹だろう。妹は居間にあるテレビをつけたらしい。音が聞こえる。僕はちょうどテレビを背にしているから、観《み》ることはできない。タレントの笑い声がかすかに聞こえる。

完璧な夏の一日。

もう戻ってこない。

夜になれば父親が帰ってくるだろう。今日は機嫌がいいだろうか。テレビを占領されるので、僕たちは夜のテレビをあまり観ることはない。

夕ご飯はなんだろう。魚がいい。

ご飯を食べたら勉強部屋に引っこんで、図書館で借りた『飛ぶ教室』を読もう。早く涼しくなればいいなと、クリスマスの話を読むことにしたんだった。でもやっぱり、夏休みのままがいい。明日《あした》になったら読書感想文のリストにあった、『十五少年漂流記』を借りに行こう。やることはわりとある。すぐに、時間は過ぎ去っていく。一秒、一時間、一日、一ヶ月。すぐに一年たって、年をとる。一年を何回過ごすのだろう。でもいくらだって時間はある。

「ごめんね」

謝る気のない、懐かしい声がする。きっと生まれつき傲慢《ごうまん》なんだろう。

「わたしができる、最善がこれだった。もっとひどいことになる可能性だってあった。ごめん」

謝るなんて、お前らしくない。

「らしさなんて、そんなものただの嘘っぱちよ。わたしたちがいかに無個性で、ただ息をして、食べて、クソをして眠って、それだけか。次に生まれ変われるのなら、石になりたいよ」

石は石だよ。生まれも死にもしない。

「いきもの以外になれないだなんて、なんて窮屈なんだろう。なんべんも死んで、生きて、死んで。繰り返すなんて、誰が決めたんだよそんなシステム。いやんなる」

「神様にいってよ」


真っ暗だ。目をあけようとすると瞼《まぶた》が引きつる。目になにかがあてられている感触がある。そして、少し硬い枕とシーツ、ベッドに僕は寝ている。

真っ暗だ。

「祥介?」

その声が、母だと気づくまで、少し時間がかかった。なにも見えないし、目を覚ましたばかりで、ぼんやりしているから、どのくらいの時間がたったのかわからない。起き上がる力が、ない。身体の神経が切れてしまったみたいだ。僕はなんとか口をぱくぱくさせる。声のだしかたを忘れてしまった。

「おかあさん」

僕はおそるおそるいった。まるで初めてその言葉を発した赤ん坊にでもなったみたいだ。う、う、という嗚咽《おえつ》が聞こえる。こんな単純で美しい言葉に、人は泣くのか。これじゃまるで、僕が暴力を振るったようではないか。

自分が気づいていないだけなのかもしれない。

生きているだけで、凶器にだって人はなりえる。知らないうちに憎まれることだってある。誰かというものは、誰かにとって、息をしているだけで、圧倒的に影響を及ぼす。

それが、世界か。

だからといって、嘆いて、この世の外へと自ら進むなんてことは、僕はしない。

誰かに憎まれることを恐れてばかりいても、生きているだけで誰かを傷つけていたとしても、多分しない。勝手に死んでしまうまで、しない。

左手を、誰かに握られていることに、気づく。

多分母じゃない。母の泣き声は遠いから。

手に少し力をこめる。

誰かの手と僕の手は、汗を掻《か》いている。つまり、生きているってことだ。

握り返してくれる。誰かの力を感じる。

この人はいったい誰だろう。僕の頭に、いろいろな人たちの顔がよぎる。でも、どれもぼんやりしている。

ああ、みんなの顔をもっとよく見ておけばよかった。細部にわたって、出会ってきた人たちのディテールを記憶しておけばよかった。

僕の目はたぶん、もうなにも見ることはできないだろう。目周りのひきつるような痛み。いくら努力しても開くことのできない瞼。

もう、本も読むことはできないな。とても残念だ。みのりちゃんに送っておいてよかった。きみは、まだいくらでも読むことができる。

小さく、僕を呼ぶ声がした。

手を握ってくれているのが誰か、わかった。また泣きそうだ。

僕は、できるだけ強く、その人の手を握り返そうとした。汗ですべり、手が離れた。

まるで地の底に落ちてしまったような気分だ。

這《は》い上がれるだろうか？

また手を握って欲しくて、僕は、その人の名前を呼ぶ。

僕の言葉で、悲しませてしまわないように、慎重に、ありったけの気持ちをこめて、もう一度、いった。

5　熊本くんと私たち

「結局、あなたなにしにきたの？」

向かいに座っている女が私に訊《たず》ねた。

「みのり先輩は、私のことを心配してついてきてくれたんです」

私の隣で涙ぐんでいるトモちゃんが、かわりに都合よく説明した。私はこんな修羅場に巻きこまれるなんて思ってもいなかった。仕事終わりに、ご飯行きませんか、と誘われただけだ。トモちゃんは入社したばかりで、私は教育係を任されていた。あまり酒を飲まないという彼女と、酒癖が悪く控えていた私はよく帰りに食事をした。いつものように、のんきにデパートのレストランについていったら、女が席で待っていた。

「いい先輩なんですね」

女はいった。お世辞ではなく嫌味だ。

「どうも」

私にそんなつもりはない。なんならトモちゃんの味方ですらない。そもそも、店に入ってから一時間経過しているのに、飲み物しか頼んでいない。せっかく釜飯《かまめし》が有名な店に入ったんだから、いただきましょうよ、と提案したかった。注文してから時間がかかるらしいけど、この調子ならすぐですよ。もちろん、いえる雰囲気ではない。場違いな提案をしてその場を引《ひ》っ掻《か》きまわすような人間になりたかった。

「でも、あなたがここにいたところでどうにもならないでしょう」

女は厳しい目をしていった。

「そうですね」

私は頷《うなず》く。はっきりいって、これ以上関わりたくない。

「トモちゃん、私お腹すいたから、帰るね」

「先輩、待ってくださいよ、ひどいじゃないですか」

ひどいのはどっちだ。そもそも、つきあっている相手のことも、私は知らなかった。お互いのことをわりと話していたつもりだった。でも、人間、いえないことだってある。トモちゃんも、これまで黙っていたし、私だってトモちゃんになにもかもいってはいない。

「こういうのはきちんと、当事者同士で話しあったほうがいいよ」

私のジャケットをつかむトモちゃんをたしなめた。そんなすがるような目をされたって困る。

「先輩、そんな薄情な……」

じゃあ食事をしようと誘って、こんな場所に連れてきたあんたはいったいなんなんだ。

嘘《うそ》つきか。

「あの人と別れるつもりはないわ」

女がきっぱりいった。

私たちは女を見た。彼女は静かに怒っていた。頭に血がのぼるのではなく、すっと醒《さ》めていた。

私は財布を取りだし、千円札を机に置いた。

帰りの電車のなかで、考えた。

当事者、とさっききいったけれど、問題の人物不在のまま話をしたってどうにもならないのではないか?

あのあと、どちらが先に席を立ったのだろうか。閉店まで話がこじれてしまった、という場合だってあるだろう。

明日トモちゃんが店にこなかったらどうしようと不安になった。そして、トモちゃんよりも仕事を心配している自分を、ひとでなしのばかやろうだと思った。

恋がうまくいかず会社を休むなんて、最高じゃないか。無理するよりも、自分を労《いたわ》ってやるべきだ。自分がいなくては成立しないことなどない。かわりはいくらでもいる。周りがなんとかすれば、どうにかなる。それでは悲しいから、人は役割を信じて、まっとうしようとする。そんな考え方、社会人失格かもしれない。でもそう思っていなくては、息苦しい。さぼりたければいつだってさぼれると思っていたい。

好きなんだな。

ただただ、彼女たちに感動する。

手に入れようと、必死になったり、手放さぬようやっきになったりしている。

なにもかもが通過点でしかない。物語のようにきりよく終わるわけではない。誰かとつきあう。おとぎ話のようなエンディングの先にあるもの。生活。だらしなく、時間は続いていく。私は自分をうまくあしらうことが、後輩に仕事を教える立場になってもできない。自己啓発本にヒントがあるのかもしれない。そんなことを思いつくたびに実家を思いだして不愉快になる。

そして、時間を止めてしまった友達と、私の前から消えてしまった男の子を思いだす。私は、彼らを覚えているために、生きているだけだ。

なにもかも謎のまま、退場していった人たち。

彼らは自分たちの意思で、私の前から姿を消した。それならば、尊重すべきだ。そう考えるのは、都合が良すぎるだろうか。人が心から決めたことを、他人が止めることなんてできない。

部屋に帰ると、シノブくんがベッドに寝そべりスマホを弄《いじ》っていた。

「おかえり」

私は返事をせず、ジャケットを脱いだ。

「なにか食べたの？」

「なにも」

この人は、自分からなにかする、という考えが欠けている。さっき女たちが雁首《がんくび》そろえて別れて別れないと話していたっていうのに。それを知ったところで他人事《ひとごと》なんだろう。わかっちゃいたけれど、冷蔵庫にはなにも入っていなかった。めんつゆと、いつ買ったのか定かでない卵だけだった。

「ピザでもとろうか」

シノブくんの声がした。どうせこの部屋に食べ物なんてないのはわかっているんだから、なんなら注文しておいてくれ。そうだね、と私は答えた。

「なんで今日うちきたの？」

水道水を一杯飲んでから、訊ねた。

「なんでだろうな、ただなんとなく」

なにかを察したのかもしれない。例えば、自分の部屋の前で、険悪な状態の女二人が待ち構えているとか。

「ピザきたら、お金払っといて」

私はコンビニにでかけることにした。

「ビールと烏龍茶《ウーロン》」

聞こえたけれど返事をせずに、部屋をでた。

やっかいなことになってしまった。私たちがそういう関係であることは、もちろん職場では隠している。

トモちゃんともいろいろあったわけか。どうしようもない男だ。なんだろう、誰にもいえないまぬけな出来事に、傷ついていた。シノブくんのことを好きだから、というわけでもない。彼のことを好きなのかと問われたら、言葉に詰まってしまう。

シノブくんだけではない。いま、私はこの世に好きな人なんて誰一人、いない。まもなく三十の大台に突入するというのに、私はただのなにもわかっちゃいない情けない小娘のままだった。

「ああっ、くそっ」

声をあげてみた。でも、夜道に響くことなくたち消えた。

あんな狭い店のなかで、ねじれて。なにもかもがシンプルでないのは、私のせいなのか。私以外のせいなのか。きっともっと若かったら、それをこの世との乖離《かいり》とでも都合よく嘲《あざけ》り、孤独ぶることもできた。でも、いまの私はただのわがまま女でしかない。

シノブくんをさっさと追いだして、あの本棚から、本を選ぼう。ぱっとひらいたところに、なにかメッセージがあるかもしれない。


「ええっ、西田《にしだ》さんて本読まないんすか？」

横のレジに立っているアルバイトの大沢《おおさわ》くんが呆《あき》れた顔をした。

「まったく読まないねえ」

「じゃなんで書店員なんてやってるんすか」

本屋で働いているから本好きなんて思うな。

ビジネス街にあるこの店はいつだって混雑している。こんなふうに会話できるなんてめずらしかった。トモちゃんが休んだことで、シフトスケジュールが大幅に変更となり、こうしてレジに立っている。

「じゃあ大沢くんはなに読んでるの」

「井上雄彦《いのうえたけひこ》とか、ジョジョとか」

「漫画じゃん」

まあ、私よりは隣の大学生は「本」を読んでいそうだ。就活に失敗し、かといって地元に戻りたくなかった私は、本屋でアルバイトを始めた。そして二年前、社員登用された。給料も待遇も職場の雰囲気も物申したいことはあれど、ずるずる過ごしている。

「へんなの」

職場の女子たちに気に入られている若者の、おどけた素振りをまったくかわいいと思えない。私はこめかみを指で強く押した。

「最近のは読まないけど、いちおう小説はいくつか読んだのよ」

まるでいいわけみたいだ。

「へえ、おすすめとかないんすか」

あったら教えてくださいよ、読むんで。遅番の松田《まつだ》さんに教えてもらったのたまに読んでるんですけど、いまいちあの人と趣味あわなくて……。てきとうに聞き流していると、ちょうどよくお客さんがレジにやってきて、会話はそこで終わった。

休憩時間となり事務所に入ると、シノブくんがPCに向かっているところだった。

「なんだか昨日はお疲れさまだったそうで」

画面を見たままシノブくんがいった。

「奥方から聞いたんだ？」

夫にいうタイプには見えなかった。はっきりさせたいほうだったのか。

「まあね。後輩想いの優しい先輩って、きみのことだろ。部屋でいってくれればよかったのに。嫁に会う前に気持ちを整えることもできたのにさあ」

「その日あったこと話しあうような夫婦だとは思わなかった」

私はエプロンを脱いだ。

「優しい先輩って、笑いをこらえるの大変だったよ」

女たち二人があんたを取りあっているっていうのに、なんだこの男は。女たちに同情した。

「迷惑かけたなあ」

シノブくんは座ったまま背を伸ばした。そのまま椅子から転げ落ちてしまえばいい。

「で、どうすんの」

「どうにもならんだろ」

シノブくんは作業を続けた。

「部屋の鍵、返して」

陳腐に重い沈黙だった。シノブくんがなにか口にする前に、事務所をでた。シノブくんとはこの店の担当になってすぐに、ばかげた関係になった。「西田さんみたいなかたくなそうな子、好きなんだよなあ」とあるとき帰り道でいわれた。かたくな、という言葉に引っかかった。べつに、生活かつかつなだけですから、と答えた。ずっと片想《かたおも》いしてるような顔してる、といわれた。私は大笑いした。始まり方が曖昧《あいまい》だったから、終わらせ方が見つからなかっただけだ。

店の近所のコーヒーショップに入った。席に座ると、足の疲れがどっと身体中を駆け巡り、眠くなる。読もうと思った文庫本をひらかずぼうっとしていた。

「なに読んでるんですか？」

声がした。大沢くんがトレイを持って立っている。私の隣に座った。

「いたんだ」

「仕事終わりのチルタイムです」

それはそれは。こっちはトモちゃんがいないおかげで、めちゃくちゃサービス残業だよ。バイトに向かってそんなこと、もちろんいえない。

「西田さん、すげえワイルドな食いかたするんすね」

食べかけのカレーライスを指差して、大沢くんがいった。

「そう？　このほうが楽でしょ。時短よ時短」

不意を突かれた。この食べかたが癖になっていた。

大沢くんが文庫本を手に取り、ぱらぱらとめくった。

「やべえ、線ひいてあるじゃないですか」

めちゃくちゃ読みこんでるんですねえ、と感心された。

「『スティル・ライフ』ってこれ、面白いんですか」

大沢くんが訊《たず》ねた。

「わかんない」

疲れていたせいもあり、素直に答えた。

「こんなにボロボロになってるのに」

「友達の本なの。私が持っている本は、友達が読んだやつだけ」

この本だって、なんべんも読んだ。部屋にある本すべて、内容は全部わかっている。でも、新しい本を読む気も、あの本棚の一員に招く気も起きない。

「俺も読んでみようかなあ」

大沢くんがスマホをひらいた。

「おっ、アマゾンに在庫あった」

「店で買ってよ」

休憩になりゃしない。

「今日何時までですか」

大沢くんはスマホを弄りながらいった。

「わからない。あと二時間くらいで終わらせたい」

「じゃ、飲みに行きましょうよ」

「いや」

私は顔をしかめた。

「なんでですかー」

「早く家に帰って今日は寝たいの」

私はぐちゃぐちゃなカレーを一気にかきこんで立ち上がる。

「チルの邪魔してごめんなさいね」

逃げるように、コーヒーショップをでた。

店に戻るとシノブくんはすでにあがったところだった。とにかくさっさと仕事を終えたかった。トモちゃん担当分が、荷受けに積み重なっていた。

すべてを終えてやっと帰路につくことができたと思ったら、大沢くんに立ちはだかられた。

「まだいんの？」

私は腹が立った。だらだらしてんじゃないよ、いい若いもんが。

「忘れ物です」

そういって大沢くんは文庫を差しだした。さっきコーヒーショップから逃げたとき、『スティル・ライフ』を忘れてしまっていた。我ながらしょうもない。

「ありがとう」

文庫を受けとった。

「めちゃ大事な友達なんですね」

私の顔を見て、大沢くんはいった。

「まあね」

身の上話をする気はなかったけれど、なにか誤解されてそうだった。形見とか思われているのかもしれない。似たようなものか。説明しなかった。

「じゃ、行きましょうか」

「は?」

「飲みに」

大沢くんは嫌がる私を無理やり鳥貴族に連れていこうとする。やだったら、やだ! と私がいうと、ええ、じゃあもうバイト明日《あした》休みます、といいだした。トモちゃんの顔がよぎった。これ以上無断欠勤者が増えたら私の身体がもたない。

「なにか悩みでもあるの?」

私は訊ねた。

「悩みだらけっすよー。もう人生これからどうしたらいいか!」

嬉《うれ》しそうに大沢くんがいった。馬鹿らしい。別に先が見えないのはあんただけじゃないよ。生きてるやつ全員そうだってば。なにもかも面倒になり、というよりおかしくなってきて、じゃあ一杯だけ、と私はしぶしぶついていった。無邪気な若者に押されてしまった。

それからときどき、大沢くんと一緒にビールを飲むようになった。いつだって大沢くんの「悩み事」を聞く。バイト忙しくて単位が、とかコンビニでポイントを貯《た》めるならどこがいいか、とか、給料でたら欲しいものがあるんだけれどどれから買えばいいか、とか、まったくもってどうでもいい、くだらないことばかりだった。べつに人に相談なんてしないでもよかろうことを、重大事のようにいってくる。私は「そうなんだ」「どっちでもいいんじゃない」と適当な相槌《あいづち》を打つ。話は大沢くんがつないでくれるので、私たちはまるで、サシで長時間語りあっているかのようにも見えるかもしれない。

シノブくんのこともあり、私はこれまで関わってきたものから逃れようとしていた。でも新しいことを自分から率先してするには疲れていた。

だから、ちょうどよかった。

部屋の模様替えをしよう、と決心しながら、休日だらけてしまいなにもできない。これまでの環境や習慣を変えるパワーがない。だから、大沢くんの誘いに乗ることで、新しいことをしている気にさせられた。

「みのり先輩、大沢くんとつきあっているんですか？」

トモちゃんに訊《き》かれたとき、私は露骨に顔をしかめた。

「ぜんぜん」

トモちゃんは、あの修羅場に私を連れていって以来、やたらとシノブくんのことを話してくるようになった。勝手に共犯関係にされても困る。優しくされたりつれなくされたり、ふとしたしぐさにときめいたり、と大忙しだ。別に知りたくもないことをさも重大事のように語られる鬱陶《うっとう》しさ。むげにもできず、私は自分を無にして聞いていた。能面気味の私の顔など、恋する娘さんは気づきもしない。

「だってふたり仲いいじゃないですか」

「一方的に話を聞いてあげてるだけ」

留年しそうとか、学校の友達がバカなことしたとか、ツイッターのトレンドとか。

私は止まった。あんたの話も、優しさから聞いてやってるんですけどね。いや、興味がないから聞き流しているのだけれど。

「優しいですねえ」

「でも、そんなふうに優しくしてるのは、相手にとって不誠実なんじゃないですか」

なにいってんだこいつ、と私は驚いてトモちゃんの顔を見た。

「恋愛ドラマみたいなこというんだね」

鼻で笑ってしまった。

「だって、どう見ても大沢くん、みのり先輩のこと好きですもん」

わかるんです、そういうの、私。トモちゃんが自信満々に見つめてくる。

私は大きくため息を漏らした。

「ばからしい」

伝票整理のスピードが、落ちた。

確かに特定のアルバイトとばかり飲みに行くのはまずいかもしれない。目の前で陽気に酔っている大沢くんを前に、自分の軽率さを悟った。いま大沢くんは、最近見たかわいいネコ動画の話をしている。まったく興味をかきたてられず、私は黙っていた。

「やっと読み終わったんですよ」

大沢くんがいった言葉の意味がつかめなかった。ネコを読み終わる？

「なんのこと？」

「ほら、松田さんにオススメしてもらった本、読み終わったんですよ」

「へえ」

「本当に西田さん、本のこと興味ないんですね」

私が本に興味ないのが、彼はおかしくてしかたがないらしい。

「店の本なんて売り物としか思ってないよ」

書名と表紙さえわかっていればなんの支障もない。

「ビジネスライクっすね」

そんなつもりもなかった。

だらだらと大沢くんはしゃべり、飲み続けた。しまいにはテーブルに突っ伏して眠ってしまった。とてつもなく面倒な事態だ。

悩みに悩んだ末に、タクシーに乗せた。自分の部屋の床で寝かせることにした。もうこんな目にあったから飲みに行かない、と次からの口実にしてしまえばいい。ずるずる引っぱられがちな自分にとって、名案かもしれない。

隣で倒れている大沢くんを連れて、私はどこへ向かっているのだろうか。さっき山手通《やまて》りをまっすぐ、246を曲がって、と運転手に頼んだ。私の部屋へ帰る。なのに、窓の外を過ぎていく景色を見ていたら、私は屍体《したい》を隠蔽《いんぺい》するために遠い場所へ向かっているような気分になった。捨て場所を探している。

自分にこびりついているさまざまなものから自由になりたい。そう考えているのに、自分はいつだってまったくべつの行動をしている。なにも成長していない。変わりたいなんて嘘《うそ》で、ずぶずぶと、生あたたかい沼に沈みこんでいるように、いま人生を過ごしていた。

タクシーは、私のマンションの前で停《と》まった。

大沢くんを引きずりだすのに一苦労だった。運転手は手伝ってくれなかった。タクシーはさっさと去っていき、さて、自分の部屋までどうやってこれを運ぼうかと途方に暮れていると、人が近づいてきた。

「なんだよこれ」

シノブくんだった。

「なんでいるの」

「どうしてるのかなって」

今日も職場で会ったろうが。この男は……。

「ちょうどよかった、手伝って」

そういうとシノブくんは露骨に嫌な顔をした。

「捨てとけよ」

「わざわざここまで持ってきちゃったんだもん」

私は急《せ》かした。

シノブくんが大沢くんを抱えあげる。

「若い男を部屋に連れこむとはねえ」

くだらないことをいった。私は無視して、階段をのぼった。

ドアをあけてすぐのところに、大沢くんを寝かせた。

「ありがとう、助かった」

「またくるよ」

「もうこないでよ」

シノブくんは黙って帰っていった。

目を覚ますと、トイレの流れる音と、ドアが閉まる音がした。私は起き上がった。流しの蛇口に顔を近づけ大沢くんは水を飲もうとしていた。

「コップ使っていいよ」

「あ、ども」

ここ、西田さんちですか? すんません、なんか……。急に態度がよそよそしくなって、おかしい。

「もう始発でてるから、帰んな」

所在なく立っている大沢くんをワンルームの部屋に迎えた。

「めちゃ本あるんですね」

壁にある本棚を見て、大沢くんがわざとらしくいった。

「全部友達のなんだけどね」

大沢くんは本棚の前に正座をし、へえ、とか、ほお、とか唸《うな》っている。結構なお手前で、とでもいいだしそうで、ふきだしてしまった。

「これ全部読んだんですか」

「うん」

なんべんもなんべんも読んだ。知りたくて知りたくて。

「すごいっすねえ」

まったくすごくない。なにもわからなかった。

「なんか借りていいですか」

「だめ」

私は即答した。大沢くんはびっくりして私の顔を見た。

「ごめんね、大事なものだから」

私は顔を逸《そ》らして、いった。

「あ、全然いいんで。どうせ俺読むのマジで遅いんで」

これ面白そうっすね、などといって何冊か写真を撮り、今度読んでみます、といって、大沢くんは部屋からでていった。

部屋に一人になったとき、私は他人の空気を追い払いたくて、窓をあけた。大沢くんがスマホを見ながらのろのろ歩いていた。私は、大沢くんが見えなくなっても、ぼうっとしていた。

それからしばらく、シノブくんも大沢くんもなにも仕掛けてはこない。

ただ、ときどき大沢くんが、

「気づきました？」といってくるくらいだ。

「髪でも切ったの？」

「違いますけど。気づいてないのかなあ」

そういって、にやにやしている。気持ちが悪い。あんたの変化なんて興味ないよ、とはいわず、私は無言ですます。

トモちゃんの報告によると、最近シノブくんがかまってくれないらしい。彼女だけはやたらと前のめりだ。

「どう思いますか？」と訊かれても困る。

「そもそも相手にはパートナーがいるわけだしねえ」

事務所でする会話にしては穏便ではない。ちょうどよくレジのほうから呼び出し音がした。

「そもそもトモちゃん、店長と結婚したいの？」

立ち上がるトモちゃんに、何の気なしに訊《たず》ねてしまった。

「それがわかるまで、つきすすむしかないんです」

勇ましいことをいい、トモちゃんは事務所をでていった。なるほど。

監視カメラを見ていると、レジにトモちゃんが到着し、てきぱきと接客をこなしだす。横の大沢くんはコミックの大量買いのお客に手こずっているようだった。

「さぼんなよ」

シノブくんが事務所に入ってきて、私を一瞥《いちべつ》した。

「さぼってるように見える？」

出版社からくる大量のファックスを持ちあげて見せた。

「うん、なにもかもおざなりにしてる」

「そんなことないでしょ」

しばらく無言のまま、作業をした。私はファックスを担当別に分け、それぞれのファイルにいれた。

「女房とは別れる」

シノブくんがぽつりといった。あの奥方が思い浮かんだ。でももうぼんやりとしか顔が思いだせない。

「じゃあ」

すごいなあ、トモちゃんのねばり勝ちか。はっけよーい、のこったのこった。

「お前のためにも別れる」

耳を疑った。私はシノブくんのほうを見た。

「ごめん、私そんな気ない」

「お前のために、女房と別れるんだ」

お前のせいで、に聞こえた。

「私はそんなの望んでない」

そんな輪に入りたくない。私は責任なんてとりたくもとられたくもない。

「やだ」

私はいった。それ以上言葉は口からでなかった。

「ちょっと今度話しあおう、女房と三人で」

頭がくらくらした。

「トモちゃんも連れてこうかな」

私は精一杯の皮肉をぶつけた。

「やめろよ」

「いやよ」

同時に私たちはいった。

「店長、収入印紙ないんですけど」

声がした。いつのまにか、大沢くんが立っていた。シノブくんが舌打ちをした。

「レジ下の金庫に予備があるだろ」といいながら事務所をでていった。大沢くんもついていく。

しばらくして、きゃあ、という悲鳴が聞こえた。監視カメラを見ると、シノブくんが倒れていた。

私は事務所を飛びだした。

床に倒れこみ呻《うめ》いているシノブくんに、トモちゃんが駆け寄り、「店長、店長」と声をかけている。人が集まりだす。店内にいるお客全員が、注目している。シノブくんのそばで大沢くんが突っ立っている。遠くのレジでお客が並んでいる。

大沢くんが私のほうを見て、「やめます」といった。その場でエプロンを脱ぎだして、思い切りシノブくんに向かって叩《たた》きつけた。


やっと家に辿《たど》り着いた。今日起こったなにもかもを忘れたかった。飲食店に入る気も起きず、コンビニ袋を手に提げていた。

明日《あした》からのシフト、大幅に変更しなくてはならない。いっそのこと、自分も倒れてはくれないか。なにもかもむちゃくちゃになったほうが、店が浄化されるのではないだろうか。そんなくだらないことを考えていた。

マンションのそばでうなだれているばかを見つけた。相手なんてしたくない。

「あの、西田さん」

無視して通り過ぎたら、声をかけられた。しかたなく私は振り返った。

「なに」

部屋で私はカツカレーを食べたいんだよ。

「なんか、すみません」

大沢くんは下を向いて、いった。

「私に謝ってもしょうがないんじゃない」

まるで私のため、とでもいいだされそうに思えてぞっとした。

「なんか、すんません」

ひょろ長い身体を丸め縮こまらせていた。もし、私がもう少し彼に対して好意があったなら、この落ちこみようもかわいいと思えたかもしれない。

「じゃあね」

私はさっさと離れようとした。

「あの」

「なに、まだなにかあるの？」

「前に西田さんの部屋にいたずらっていうか、忘れ物、しました」

大沢くんはいかにも申し訳ない、といった顔をした。

「やめてよ」

やたらと気づいたかと訊ねてきたのはそういうことか。こんな若いやつにおちょくられるなんて、やってられない。

「本棚に、俺の本、入れちゃいました」

気づくかなって思って。

「とってくる」

マンションに入った。大沢くんもついてくる。気にしなかった。

部屋に入ってこないで、と大沢くんを玄関の前で止めた。私は本棚を見た。どれもこれも全部知っている本だ。違和感はない。

「ねえ、ないけど」

玄関に向かっていった。

「一番下の段、隅っこのほうです」

じっくりと並びを点検した。

その本は、『カフカとの対話』の隣に、違和感なくおさまっていた。まるで、この本棚のなかに連なるために、作られたのではないか、とすら思えた。私は、表紙に書かれた文字を、何度も見た。

『さよなら、けだもの流星群』熊本祥介《くまもとしょうすけ》
奥付を確認する。今年出版されたらしい。略歴は本作でデビュー、くらいしか書かれていない。

呼吸をするのを忘れていたらしい。我慢できなくなり大きく息を吸った。

あのう、松田さんにオススメしてもらったんですけど、なんかゲイとか呪いがどうこうとか、あんま趣味じゃねーなあ、って。でも松田さん的には悪くないっていってて。で、前にきたときちょうど読み終わったとこだったんで、西田さんはどう読むのかなーと思ってて。なんか、変なことして、すみません。

大沢くんがなにをいっているのかわからない。

この本棚に、熊本くんの本が並ぶなんて、素敵だな。

そんなことを以前いった気がする。

本屋で働いていても、熊本くんの読んだ本以外、まったく愛着を持てなかった。月に何千冊とでる本を、機械的に眺めていた。文芸書なんて、担当でもなかったから、気にも留めていなかった。だから、見落としていた。

西田さん、ほんとに、すんません。

大沢くんの声に、私は首を振る。大沢くんには伝わらないだろうに。

この部屋にはなにもない。まるで、熊本くんの部屋みたいだ。本棚もベッドも、位置が同じだった。

思いだすのはあの部屋だ。

私は、熊本くんの部屋を作ろうとしていたんだ、といまさら気づいた。

違うのは、冷蔵庫の中身くらいだろうか。

スマホが震えている。シノブくんだろう。私に電話をかけてくる相手なんて、彼以外いない。私は無視した。しばらくしてやんだ。

西田さん？　西田さん？

私は立ち上がり、玄関のほうへ向かう。

「なに泣いてるんすか」

私を見て、大沢くんがいった。

泣いているなんて気づかなかった。この涙はいつの私が流したかった涙だろうか。

「この本、借りていいかな？」

私は鼻をすすった。大沢くんは驚いた顔のまま、私を見つめて、一言いって、去っていった。

「感想、教えてくださいね」

もう一度、私は本棚に熊本くんの小説をさしてみた。

ずっと前からここにあったみたいに、馴染《なじ》んだ。

あとがき

この小説を書いていたとき、自暴自棄に陥っていました。小説を書こうと決めてからとうに十年が過ぎようとしていたのに、満足いくものがまったくできなかったからです。日常生活も最悪で、ただ歳をとっていくだけだなあ、やばい！ と焦《あせ》っていました。

深夜のファミリーレストランで最初の一行を思いついて書きだした小説が、小説投稿サイト「カクヨム」で読者を得て、翌年に賞をいただき出版までに至ると、そのときの自分に告げてもぴんとこないでしょう。仕事終わりに毎晩ファミレスで続きを書いていて、荒《すさ》んでいたし、書き終えてからを考える余裕なんてありませんでした。

あのときの自分はなかなかどうして、かっこよかったのではないか、と思ったりもします。これまでの人生で一番がむしゃらでした。ファミレス側からしたら、ドリンクバーだけで長居して迷惑な客……。申し訳ない！

単行本に続き、この『シン・熊本《くまもと》くんの本棚文庫版(笑)』（作者が勝手にいっているだけです、ごめんなさい）でも、富士見《ふじみ》L文庫の宮崎佐智子《みやざきさちこ》さんに大変お世話になりました。単行本化の際、最終章を書き足したのは、宮崎さんのアイデアです。さすらい続けた熊本くんの小説を、本棚にさすことができました。本当にありがとうございます。原稿の提出がギリギリだったり、新人のくせにわがままなお願いをしたり、いつもごめんなさい。最後の最後まで直そうとして、最終校正を真っ赤にして会社にやってきて、早朝から始めた最終チェックが終わったのは夜でした、なんて恐ろしいこと、もう絶対しません。これからもたくさん、一緒に小説を作らせてください、お世話になります。

熊本くんとみのりちゃんの複雑さを完璧に表現してくださった、慧子《けいこ》さん、ありがとうございます。初めて表紙イラストを拝見したときの感動、絶対に忘れません。

人生初となる文庫解説を、大盛堂《たいせいどう》書店の山本亮《やまもとりょう》さんに書いていただけたことは、自分にとっての勲章です。いただいた言葉のひとつひとつを、大事にします。

デビュー作のあとがきなので、感謝ばかりになりますが、ここまで書いたらつきすすみましょう。

この小説を母に、そして親友の青山浩明《あおやまひろあき》さんに捧《ささ》げます。

お母さん、小さい頃からなんでも読みたがる自分に、本を買ってくれてありがとう。

青山くん、ひねくれたときにいつだって「大丈夫だ」と励ましてくれてありがとう。

二人がいなければ、本をだすなんてことはなかった。

そしてもちろん、Webで、単行本で、文庫で！　読んでくださった読者の皆さんに感謝します。

剝《む》きだしで無防備、いかにも新人らしい若気の至り満載な小説（文庫化にあたり、微調整しました）です。もし読んでくださった方をなにか揺さぶることができたのなら、書いた者にとって、これ以上の喜びはありません。

小説を読んでいただければわかると思いますが、僕は執念深い人間です。

また新しい小説を書いていきます。

『熊本くん』に連なる作品も、『熊本くん』とはテイストの異なるものも、まだまだたくさん書いていくと思います。書く衝動となる核はどれも同じです。いいたいことも、恥ずかしいくらいに同じです。きっと最後まで変わらないでしょう。

別の小説で、もちろん、この文庫で何度でも、またお会いしましょう。

2021年春

キタハラ

【解説】

大盛堂書店《たいせいどう》　山本《やまもと》　亮《りょう》

『熊本《くまもと》くんの本棚』が目に留まったのは、店頭で棚出しをしている時だった。何とはなしにぱらぱらとページをめくっていて、とても「引っかかる」文章を書く人だなと思い、そして購入後さらに読んでいくと、淡々とした文章の中に、血のにじむような努力と才能が注ぎ込まれているのを感じられた。

大学の文学部に通うが本をあまり読まない女性・みのりは、読書家で料理上手なイケメンの同級生・熊本と出会う。熊本が住むアパートの部屋の本棚を眺めながら他愛もない話をして、周囲から少し浮いている友人関係を続けているが、熊本があるきっかけからゲイ向けのビデオに出演し、みのりがそれを知って観《み》てしまうところから物語が徐々に展開していく。

まず大きな魅力として、登場人物が粒立っていることが挙げられる。主人公である熊本とみのりはもちろん、家族や親族、知人らがまっさらな空間に区別なく描かれ、ゲイカルチャーや新興宗教などの各場面に現れて作品を彩る。空っぽの世界に何を埋めていくのかという作家の腕の見せ所と自身の才能への誘惑。著者はつかず離れず時には色濃く付き合う二人を中心に、それぞれの秘密と想いを過不足なく整理しながら交錯させる。だからこそ、この舞台設定が生きてくる。

そして相手を過度に信頼する、期待することへの恐れもテーマの一つだ。個から世間の枠組みへの失望と言っても良いだろう。そこに入り込むのが、二人と繋《つな》がりがある亡くなった少女やその義母、熊本の心の中の分身達。二人の輪郭をなぞり心のうちを様々な感情により囁《ささや》き、見透かしていく。それによって生きるという業を「自分だけ」が引き受けるのではなくて、「自分達」が引き受け身代わりになる視点が生まれてくる。さらに他者からの視線が絡んで、熊本という寄る辺《べ》の無い存在を増幅させていく。

〈誰かが自分に露骨な欲望の目を向ける。考えると不思議なものだった。他者の目に映った自分は、もう自分ではない。そもそも、自分という存在が、俺にはわかっていない。あまりに無防備に生きてきた。〉

著者は本作を書くにあたって、夏目漱石《なつめそうせき》の『こころ』を意識したという。この小説は死生観や、個人が社会で生きていく問題を提示した傑作だが、特に主人公の「先生」が言った次の言葉が、本作を理解する上でも欠かせないのではないだろうか。

〈あなたはまだ覚えているでしょう。私がいつかあなたに、造りつけの悪人が世の中にいるものではないと言ったことを。多くの善人がいざという場合に突然悪人になるのだから油断してはいけないと言ったことを。〉――夏目漱石『こころ』より――

　上辺の善悪では判断できない「人」という存在を突き詰めていくことで、著者は登場人物達を日常で取り繕うことから解放したのではないか。また文中に登場する様々な小説と、熊本のアパートにあるぎっしり詰まった本棚、彼自身が宿命のように綴《つづ》る小説。人が死しても残り続ける本達が、もう一つの主役として彼らの想いを代弁する。本が無い日常なんて想像できないと呟《つぶや》くように。

　著者は頭の中で汗かきながらストーリーを生み出して文章を刻む、努力の作家なのだろう。これからも我々は移り変わる色々な価値観のただ中にあることを気づかせながら、人間が不器用でも確かに光る眩《まぶ》しさを描いていくはずだ。

〈引用文献〉
『こころ』（著・夏目漱石／KADOKAWA）

お便りはこちらまで

〒一〇二―八一七七
富士見L文庫編集部　気付
キタハラ（様）宛
慧子（様）宛

本書は、
「第4回カクヨムWeb小説コンテスト　キャラクター文芸部門」で大賞受賞の後
刊行した単行本『熊本くんの本棚』を加筆修正し、文庫化したものです。

富士見L文庫

熊本《くまもと》くんの本棚《ほんだな》
ゲイ彼《かれ》と私《わたし》とカレーライス

キタハラ

2021年6月15日　初版発行

発行者　青柳昌行
発　行　株式会社 KADOKAWA
〒102-8177　東京都千代田区富士見2-13-3
電話　0570-002-301（ナビダイヤル）

印刷所　株式会社暁印刷
製本所　株式会社ビルディング・ブックセンター
装丁者　西村弘美

定価はカバーに表示してあります。

●お問い合わせ
https://www.kadokawa.co.jp/（「お問い合わせ」へお進みください）
※内容によっては、お答えできない場合があります。
※サポートは日本国内のみとさせていただきます。
※Japanese text only

ISBN 978-4-04-074123-9 C0193